JN242528

# 失恋カレンダー

林　真理子

集英社文庫

*contents*

本文デザイン／大久保明子
イラストレーション／網中いづる

# 失恋カレンダー

# 1
月

## 帰省

January

「恵子《けいこ》、ガラスが終わったら、台所の方をやっとくれ」

母の美代《みよ》がしつこいほど念をおす。

「わかってるってば。こっちだって一生懸命にやってるんだから」

つい荒い言葉になったのは寒さのせいばかりではない。あと二日で年が終わろうとしているのに、宏《ひろし》からの電話はまだないのだ。

正月に恵子の実家に来る来ないでもめたのは、今年が初めてではない。おととしも昨年もそうだった。

「もうちょっと待ってくれよ。恵子の親に会うなら、もっとはっきりさせてから行った方がいい」

そのたびに宏はいつも口ごもる。熊本出身の彼は、社会人になってから一度も帰省したことがないという。正月は友人とスキーをしに行くか、後は寝てすごすという宏の話を恵子はいらいらしながら聞いたものだ。

「だから、軽い気持ちで遊びに来ればいいのよ。お正月、ひとりぼっちなんてつまらないじゃないの。うちはなんにもないけど、食べものだけはどっさりあるわ。田舎《いなか》の雰囲気を味わうだけでもおもしろいのに」

そんなふうに気をひきたたせるようにするが、宏は最後に首を横にふる。やっぱりなあ、と何度もつぶやく。

宏と自分との仲も、そんなふうに曖昧《あいまい》なものかもしれないと恵子は思う。知り合って四年、お互いのアパートを行き来する仲だし、夏のボーナスが出た後は必ず小さな旅行にも行く。恋人同士だといえば、確かにそのとおりだけれど、恵子の胸にはいつもいくつかの棘《とげ》がある。

宏は確かにやさしい。自分を愛していてくれると信じてもいる。しかし、そのやさしさや愛というのは、自然にわき起こったものではなく、便宜上つくり出したものではないかという疑いが時々胸をかすめるのだ。若い男や女が東京に住んでいて、恋人がいなかったら、それは生活の機能の一部を奪われたにも等しい。

もし、宏が東京という場所で自分と出会わず、そして独り暮らしでなかったら、こんなふうに自分とつきあうものだろうか。

週末の夜、宏の好きな料理を調《ととの》えたり、たまった洗たく物にアイロンをかけてやったりしている時に、きまってこの苦い思いが唾液《だえき》のようにこみあげてくる。

宏はまだきちんとしたプロポーズをしてくれたことがなかった。

「オレみたいのと一緒になると、恵子も苦労するよなあ」

ため息まじりの言葉は、照れにも自嘲《じちよう》にもとれた。

二十六歳の若さで、宏は三つも会社を変えているのだ。

一応名のとおった私大を出て、宏は一流といわれる繊維メーカーに就職した。我慢できないほど嫌なやつだったと強調するが、彼は上司と喧嘩《けんか》をしてそこを三か月足らずでやめてしまったのだ。その後、ミシンのセールスマンを経て、現在はマーケティングリサーチ会社の企画部に勤めている。何度聞いても憶《おぼ》えられないほど、長ったらしい英語の名前だ。

宏を躊躇《ちゆうちよ》させているものが、彼の自信の無さだと考えれば、それはそれで恵子を安心させる。時間をかけてゆっくりと説いていけば、いつか望む結末へと進んでいくかもしれない。

その最初のきっかけが、今回の、恵子の実家を訪れることだった。十二月になってすぐの頃、宏が不意にこんなことを言ったのだ。

「長野の正月って、寒いんだろうなあ……」

「私のとこは、そんなに雪は降らないわよ。いっぺん、来る？……」

「オレ、スキー場以外であんまり雪見たことないもんなあ……」

ひとり言のように宏は言い、あきらめたような長い舌うちをした。

「元旦から白馬《しろうま》に滑りに行くことにしたから、帰りによってみようかなあ……」

考え方によっては、実にずるい言葉であったが恵子はそれにとびついた。

「本当ォ。来て、来て。とってもいいところなのよ。誰でものんびりするわ。近くにちっちゃな神社があってね、ついたちの日は子どもたちが、火をたいてお祭りをするの。うちはいくつも部屋があるから、気がねしないですごせるわ。本当よ」

自分でも気恥ずかしくなるほど甘い言葉を並べたが、大切なことは嘘《うそ》をついていた。松本《まつもと》市からバスで一時間もかかる田舎で、男が娘の家を訪れるということは、それこそ大ニュースなのだ。特に正月のそれは、即婚約を意味した。恵子も、高校の同級生たちが二人連れで帰省し、そしてすぐに結婚していったのを何度見たことだろう。とても「気軽にのんびりと」などと言える雰囲気ではないのだ。

けれども、恵子はもはやそんな嘘は当然だと思っている。二十一歳の時に知り合った宏は、恵子の初めての男性だった。そして四年間、恵子は彼ひとりしか知らない。男と女のしたことに、どちらが悪いなどと言えないことはわかっていたけれど、このままではあまりにもみじめすぎた。けれど恵子は、そんなことを一度も宏に言ったことはない。

特に教養も信念も持たないでいる自分のどこに、どうしてこれほどの誇り高さや、自尊心があるのか恵子は不思議に思うことがあった。友人たちの話を聞いていると、よく彼女たちはぐずぐずしている恋人をなじるらしい。

「もう私がいくつになったと思うのよ」

「他に縁談があるの。いいかげんにしてよ」

自分もそんなことができたら、どれほど気が楽になるかと思う時があったが、恵子はやはり口をつぐんだ。もし宏が初めての男でなかったら、もっと我儘《わがまま》を言えたに違いない。処女だったことを盾《たて》に、結婚を迫る女というのは、世の中でいちばん醜いもののように恵子は思っていた。

せいぜい彼女にできることといったら、宏を罠《わな》にはめることだ。その罠というのは、実家まで足を運ばせ、そして両親に会わせること以外にない。来てしまえばこっちのものだという思いが恵子にはある。何か大きなきっかけがなければ、そこに踏み込むことができない宏の性格を、自分はよく知りぬいているつもりだった。

とにかくあと二日で宏はやってくる。

新しい年を、これほどすがるような気持ちで待つのは、恵子にとって初めてのことだった。

「今年は雪が積もるかも知れんなあ」

畑の見まわりから帰ってきたばかりの父の利三《としぞう》が、「さぶい、さぶい」と言いながらこたつ布団をめくった。恵子の足元に小さな風が立つ。

「やあだよォ。明日大みそかだっていうのに、これじゃ新しい年が来ないよ」

美代がミカンを大盛りにした鉢を持ってきた。グローブのように赤黒くふくらんだ手にはいく筋もアカギレが走っている。

「お母ちゃん」

恵子は叫んだ。

「私がこのあいだ買ってあげたじゃない。どうしてハンドクリーム塗らないのよ」

「あんなもん塗ってたら、仕事ができんよ」

「だけどさ、身だしなみをもうちょっと考えればいいじゃない。お客さんが来るかもしれないのに恥ずかしい……」

恵子は言いかけてやめた。宏のことはまだ詳しくは話していない。ただ友人がスキーの帰りに寄るかもしれないと告げただけだ。

「この年の暮れに、身だしなみなんか構っちゃいられないよ」

美代は何も気づいていないようだ。太い指でミカンのすじをとりながら笑う。前歯三本は金歯だ。どう見ても農村の女だった。若い頃はそれでもなかなか綺麗《きれい》な娘だったということだが、今は全くその面影はない。それどころか、東京に出て七年、すっきりとあかぬけた恵子と並ぶと、母娘《おやこ》だとは信じられないほどだ。

そう思っているのは、実は恵子自身だった。今年特に、意地の悪い異邦人の目で実家を見つめている自分に、恵子は気づいていた。

母家はおととし改築して全部サッシに替えた。それがかえって家全体を安っぽく見せているようだ。廊下も広くなった分だけ新建材がぴかぴかしている。農協からもらう派手なカレンダー、利三の北海道土産《みやげ》の熊の置き物、近くの神社のお札、そういったものが雑然と存在している部屋は、センスとか美意識といったものが少しも感じられない。それが恵子をいらつかせるのだ。

もし宏がこういうものを見たら、いったいどう思うだろうか。素朴さよりも無知を感じるような気がする。男に自分の実家を見せるのは、裸をさらすのと同じぐらいの勇気がいると、恵子は気づいている。だから、ひとたびこれを見た男は、もう逃れることは許されないのだ。

「さ、もうちっと、掃除を頑張ろうかね」

美代が立ちながら腰のあたりを軽くたたいた。

「恵子、今度は玄関の方をやっとくれ。下駄箱《げたばこ》を動かしてきちんとやりな」

「わかってるってば」

恵子のその言い方が気にくわなかったらしい。美代はぴしゃりと言う。

「何さまだと思ってるんだい。どこかのお嬢さまじゃあるまいし、暮れにのんびりすごすなんてうちじゃできないんだよ。帰ってきたからにはうちの娘なんだから、ちゃんと働いてもらうよ」

「そう。この場合はお母ちゃんが正しい」

さっきまで寝そべってテレビを見ていた弟の隆志《たかし》が、おどけた口調で言う。

「あんたこそ、自分のノルマはちゃんと果たしてんでしょうね」

「あったり前じゃん。今日なんか外のゴミを捨てて、雨樋《あまどい》まで直したんだぜ」

「そう……。あら、あんた、それで勉強はいいの。受験勉強はどうしたのよ」

隆志は恵子の出た高校の三年生だった。

「オレ、大学に行かないからさ」

屈託なく笑った。

「だから受験勉強なんてしなくていいんだ」

「あんた、それ本当」

「このあいだ、担任と決めてきたんだよ。隆志は勉強が嫌いなんだから、何も無理して行くこともないさ」

美代が口をはさんだ。

「ほら、向かいの文夫《ふみお》ちゃん……、東洋経済学院大学なんて聞いたこともないとこ出て、結局は家でぶらぶらしてるだろう。隆志もあんなふうになることはないさ」

「でも、ダメよ」

気がついたら叫んでいた。

「大学へ行かないなんてダメよ。私は行かなかったから、隆志はちゃんと大学へ行ってほしかったのよ」

まっすぐに弟の方を見た。

「悪いな、姉ちゃん。もう決めたことなんだ」

隆志は大人びた言い方をした。

「ま、当分はどこかへ勤めながら、うちを手伝うからさあ……」

「なに言ってんのよ」

恵子の中で、怒りと困惑が交差していた。宏にどうやって説明をすればいいのだろう、大学に進学しない人間などというのは、そう珍しいことではないだろうが、自分の弟であってほしくはなかった。もし隆志が、宏の出た大学志望だったりしたら、どれほど誇らしい気持ちになったことだろう。宏も自分の家族に対して、親しみを感じてくれたのにと考えたら、本当に腹がたった。

「どうしてちゃんと勉強しなかったのよ。今どき大学へ行かないなんて変わってる。お母ちゃんたちもお母ちゃんたちよ。そういうことを平気で許すんだから」

「何もそんな言い方しなくたっていいじゃないか」

隆志は口をへの字に大きく曲げた。

「なんだよ、姉ちゃんおかしいよ。うちに帰ってくるなりぷりぷりしてさ。いろんなことにケチつけてばっかりいるんだから」

「本当だよ、文句の言いっぱなし」

美代もこちらを睨《にら》む。

「東京にいるのが、そんなにエライのかね」

それはもう耳に入らない。正月まであと二日、できる限りのことをしようと恵子は決心した。浜田《はまだ》米穀店という名入りの手拭《てぬぐ》いをまず洗面所からはずし、そのかわり東京から持ってきたクリーム色のタオルをかけよう。玄関にはまっ白な百合《ゆり》を置きたい。宏がやってくる前に、この家のものすべて、両親や弟さえ、総替えすることができたら。そして、そんな考えをそう怖《おそ》ろしいことだとは恵子は思わない。男のためなら、女というのはどんなことも考えつくものなのだ。

雑煮《ぞうに》には、牛蒡《ごぼう》、椎茸《しいたけ》、里芋と野菜をどっさり入れる。それはこのあたりの風習だった。

朝早く、まだ霜がついているネギを、美代は裏の畑から抜いてきた。

「洗いな」

恵子に手渡す。包丁で切る様子をいつになくじっと見ていた。

「これじゃ嫁にいけないいな」

どれ、どれ、かしてごらんと包丁をとりあげた。

「持ち方がいけないいんだよ。ほら、こうしてもっと根元の方を持つ……。あんた、東京でちゃんとご飯をつくってるのかい」

「あたり前よ。外食するほどお金もらってるわけじゃないもの」

「ふうーん。あんたがうちにいるんなら、ちょっとは仕込めたのにね。このままじゃ、とてもじゃないけど嫁に出せないね」

「平気よ。そういう人を探すから」

軽口をたたきながらも、恵子の不機嫌はずっと続いていた。宏の話では、暮れのうちに電話をかけてきて、一日か二日にやって来ることになっている。それなのに何の連絡も入らないのだ。

「静かでいい正月だな」

餅《もち》をねぶるように口に入れながら利三が言った。遠くでニワトリの鳴く声と、子どもたちの歓声がかすかに聞こえる。凧《たこ》上《あ》げにでも行くのだろう。

「おとうさん、本家のばあちゃんとこは何時頃行くの」

「十一時すぎがいいだろ。あのうちの屠蘇《とそ》の時間に行っちゃ悪いからな。おい、お年玉袋用意しといてくれたな」

「はいよ。だけど久美《くみ》ちゃんたち、いくらにする。久美ちゃんは来年大学だしねぇ……」

従妹《いとこ》のお年玉の額について、両親があれこれ言うのも毎年のことだ。隆志は友人が誘いに来て、とっくにオートバイで出かけてしまった。

いちばん外側はサッシにしていても、中は障子を残していたから、やわらかい光がコタツの上をおおっていた。老いた飼い猫が隆志の席に寝そべっている。

「それ、ぼつぼつ出かけるかな」

利三が立ち上がりかけた時だ。サイドボードの上の電話が〝りん〟と鳴った。

「宏からだ」

かけ方に差があるわけではないだろうが、恵子はまだ受話器が深呼吸を始めた頃から、誰からかあてることができた。もっとも、よくかかってくる時間帯から推理すれば、それはそうむずかしいことではない。

そして、新春の第一回目にかかってきた電話の相手はまさしく正解だった。東京の宏からだった。

「何をしてたのよ」

安堵感《あんどかん》から、恵子は強い口調になる。

「ごめん、ごめん。ちょっといろいろとあったんだよ……」

こんな時も、宏は気のきいた嘘がつけない男だった。

「いまどこにいるのよ」

「松本……」

「なによ。すぐ近くじゃないの。そこからバスに乗って……、ううん、私が迎えにいってもいいわ」

「オレ、やっぱり行けないんだよね」

電話の向こう側の宏の顔が、手にとるようにわかる。きっと拗《す》ねたように口をとがらせているに違いない。

「約束が違うじゃない。いろいろ準備をして待ってたのよ」

「だから悪いと思って、早めに電話したんだよ」

「早めも何も、今日はついたちよ」

思わず大声をあげそうになるのをぐっとこらえた。テレビを見ていた美代が、けげんな顔でこちらをふり向いたのだ。

「とにかくそっちに行くわ。いま、どこにいるのよ」

「駅前の喫茶店。『メロウ』っていう名前だ。下は土産物屋になってる」

「たぶんわかると思う。今すぐ車で行くから四十分ぐらいで着くわ」

受話器を置くやいなや、恵子は怒鳴《どな》った。

「ちょっと、車を借りるわよ」

「だめだよ」

利三のかわりに、美代がそっけなく言う。

「おとうさんはこれから本家へ年始に行かなきゃならないんだから」

「じゃ、どうやって街《まち》に行けばいいのよ」

「オート三輪で行きな。みんな松本ぐらいはそれで行くよ」

それもいいかもしれないと、ふと思った。

わざと化粧も薄くし、髪も束ねるだけにした。宏にはさまざまな自分を見せてきたけれど、まだ見せ足りないものがいくつかあるような気がしていた。そのひとつが、親元で娘に還《かえ》る自分なのだ。


驚いたことに宏はスキー姿ではなかった。ごくふつうのダッフルコートをまとい、コーヒーをすすっていた。顔もほとんどやけていない。

「白馬に行ったんじゃないの」

「うん、ちょっとメンバーが足りなくなって、ツアー全体が流れちゃったんだよ」

「それでもこっちに来てくれたのね。ありがとう」

「だけどさ……」

宏はせつなげな表情になった。

「どうしても君んちに行けないんだ。どんなことをしてもやっぱりダメなんだ」

「あら、そんなに気の張る家じゃないわ。弟も出かけちゃって、今まで親とテレビ見てたのよ」

宏は何か重要なことを言おうとしていることを恵子は感じとっていた。だから、ことさら明るく言う。

「ね、お腹《なか》空いてない？　うちにお雑煮があるわよ。親戚《しんせき》のうちで搗《つ》いてくれるからとてもおいしいの」

「オレ、ずっと考えた。恵子が来る間。そしてわかったんだ。オレは一人になりたいんだって」

「それ、どういうこと」

「オレ、結婚とかそういうのに向いていない男なんだよ」

「一度だって私がそんなことを要求したことある」

今までの努力は何だったのか、と口惜《くや》しくて涙が出てきそうだった。

「ないよ。だけど恵子だってもう二十五歳だろう。いつまでもオレみたいなのにひっかかってていいんだろうかなあって思っちゃうよ。他にもっといい男がいるだろうに、オレとつき合ってるばっかりに、チャンスを逃してるんじゃないかなあって……」

「そんなまわりくどい言い方しなくってもいいのよ。あなた、私にもう飽きたんでしょ」

「そういうんじゃなくて」

宏はじれったそうにからだを大きく動かした。

「あなたぐらい結婚したがっている女の人に、結婚してやれないことは罪じゃないかって思うようになったんだ」

「結婚ですって、私が」

恵子は芝居じみているほど驚いて見せた。

「私、そんなこと、ぜんぜん考えたことないわ」

「そりゃ嘘だね」

宏はいつになくきっぱりと言った。

「こうなったからには言うけどね。暮れになるとあなたはいつも恨めしそうな顔をしてるんだ。『どうして長野に行ってくれないの、どうして両親に会ってくれないの』って、体全体で叫んでた」

「そんな……。私しつこく誘ったことなんかいっぺんもないわ。田舎のお正月は楽しいんじゃないかって言っただけよ」

「いつも喧嘩したじゃないか。暮れと正月どうするかってさ。あなたは正直な人だから、いろんなことがすぐに顔に出る。それを見るのはつらかったよ」

　今は何も考えたくないと恵子は思った。

「これから、どうするの」

　恵子は帰りの時間までのことを聞いたつもりだった。それなのに宏は別の答えをした。

「もうちょっと、僕たち二人のこと考えてみないか。今のままじゃ無理を重ねてることになる」

「私は無理なんかしてないッ」

　恵子の声に、近くに立っていたウェイターがふり向いた。

「ねえ、どうしてそんなに変わっちゃったの。急に、いっぺんによ。いったい何があったのよ」

「何もありゃしないよ。ただ……」

　宏は言葉を選ぼうと努力したが、適当な言いまわしが見つからない——そんなふうに姿勢を正した。

「恵子のことがよくわかったってことかな」

「わかった？」

「そう、列車が小淵沢《こぶちざわ》をすぎるとさ、あたりは雪でいっぱいになってさ。ああ、恵子はこういうとこで育ったんだなあって思った。そしたら、まっとうな考え方を持つし、年頃になったら結婚したいだろうし、ちゃんとした男をつかまえたいって思うのは当然だなって……」

「ね、教えて。結局は何が言いたいの」

「つまり、あなたのことが……、あなたの存在がたまらなく……息苦しくなったっていうことかな」

「わかったわ」

勢いよく立ち上がっていた。

「私はいつでも別れてあげる。本当よ。あなたをそんなに嫌な気分にさせてたとは知らなかった。ごめんなさいね」

「だからさ……そう言ったら身もふたも無いけど……」

けれども宏はついに追いかけてこなかった。雪のためエンジンのかかりが遅い。少し走ったらやっと涙が出てきた。

「バカやっちゃったよなあー」

切り札が思わぬ展開を見せた。それが別れの原因になろうとは、二人とも思っていなかったのだ。

オート三輪は何度もキイキイと音をたてた。後ろの方からはかすかに肥料のにおいがした。

どんな男も女も、ちょっとつつけば滑稽《こっけい》さがにじんでくるのだ。特に両親や故郷というものは、それだけでむせるようなにおいがする。愛情ややさしさを十分に持っていない男には、耐えられないものかもしれない。

宏は他の男よりずっと正直だった。そして臆病《おくびょう》だった。そう思うことにした。とにかく結着は東京でつければいいのだ。

陽《ひ》が高くなり、雪が輝き始めた。目が少し痛い。うまくカーブを曲がればいいのだけれど、と恵子は思った。

# 2
月

## バレンタイン

February

淳子《じゅんこ》が隆《たかし》に贈ったセーターは、薄い青色だそうだ。

「おまけにね、編み込み模様で、スキーをしてる男の子の絵が入ってるんですって」

同僚の恵美《えみ》が、まるで見てきたように玲子《れいこ》に言う。

「この頃《ごろ》の若い女の子って、いったい何を考えてるのかしらね。恋人のいる社内の男に、堂々とアプローチするなんてね」

そんな時、玲子はただ黙って笑うことにしている。何か自分が喋《しゃべ》れば、何倍にも誇張され、また格好の噂《うわさ》になることをよく知りぬいているからだ。

隆をめぐる、淳子と玲子の三角関係が、人々の口の端《は》にのぼるようになってもう半年以上になる。もっとも玲子は、淳子のことをライバルだと思ったことなど一度もない。きちんとした恋人同士の間に、突然現れた闖入者《ちんにゅうしゃ》、それが二十歳の淳子だ。

あれは昨年の五月のことになるだろうか。

「今度入った新入社員におもしろい子がいるんだよ」

隆がなにか思い出したようにクックックッと笑った。

「昼めし食べにさ、『ドンキー』に行ったらさ、混《こ》んでたから女の子二人と合席になったんだ。どっちもうちの女の子だってすぐにわかったから、その後、別の店でコーヒーをおごってやったんだ。どっちも可愛《かわい》いから、矢崎《やざき》が鼻の下のばしてさ、スケベなこと聞いたのさ。そしたら一人の子がさ、緊張したのかしらないけど、『そんなこと言えません』とかいってベソをかいちゃってさ。悪いとは思ったけど笑っちゃったよ」

社員二百人ほどの小さな会社だから、新しい女の子はそれだけで話題になる。

「まあ、いまどき純情な女の子がいるものね」

と玲子もあいづちをうったものだ。しかし、その純情な女の子が、自分の恋人に対してあれほど大胆な行動をとるようになるとは、玲子はその時、想像もしなかった。

「ね、ね、知ってる。倉田《くらた》さんにアタックしてる女の子がいるってこと」

玲子がオフィスでのジャケットを軽い麻に替え始めた頃から、いわゆるご注進が多くなった。

「倉田さんに名取《なとり》さんっていう人がいるのは知ってるけど、それでも好き、とか言ってるらしいわよ。ま、女の子たちがはしゃいでいるだけだと思うけど」

名取玲子たちの会社で、〝女の子たち〟というのは、若い短大卒の女性を指す。イギリスに本社がある書籍の輸入会社では、四年制卒の女性と短大卒の女性とをあからさまに区別していた。

自分でも簡単な翻訳ができるレベルの女性は十二人ほどいて、これらは〝キャリア組〟と呼ばれていた。そう言うのは短大卒の女の子たちで、彼女たちは自分たちのことを冗談めかして〝ノンキャリア組〟などと呼んでいるようだ。

キャリア組が、私服でいるのに対し、ノンキャリア組は紺の制服を着なければならない。お茶汲《く》みや伝票を書くのも彼女たちの仕事だ。不満はあるに違いないだろうが、初任給やボーナスがいいから、結構人気企業になっているようだ。

今年も四人の短大卒の女の子たちが入ってきた。だれもが判で押したように肩までのふわっとカールをした髪をし、ピンクの口紅を塗っている。ちらっと通りすぎただけでは見わけがつかないような気がするのだが、男たちの眼は鋭く鑑別をしているようで、田上《たがみ》淳子が今年のベスト1というのが、もっぱらの評判だった。

タレントの誰それに似ているなどという者もいたが、テレビをほとんど見ない玲子にはよくわからない。ただ、黒目がちの大きな瞳《ひとみ》とまくれ上がった唇とが印象に残っている。少女のような目と、コケティッシュな唇は妙にアンバランスで、それだけで玲子は淳子という女性の正体がわからなくなる。

おどおどしながら、昼休みに隆のいる企画室をのぞき、

「これ、私のつくったお弁当なんです。食べてください」

と持っていったという話は、あまりにも有名な事件だが、それを本当に若い女の子の無邪気さだけだと言えるのだろうか。

「可愛いじゃないか。自分でもおもしろがってやっているんだから」

と隆は笑う。三十二歳の彼は黒ぶちの眼鏡《めがね》をかけ、年よりも少し老けて見える。髪はいつも寝グセがついていて、後ろの方が枝のようにぴょんとはねている。ネクタイはきちんと締められていたことはないし、玲子は今まで隆が他の女の興味の対象になろうとは考えたこともなかった。

本当は大学院に残り、心ゆくまで十八世紀の詩人たちを研究したかったという隆の中にあるものが、清潔な男らしさだということを知っているのは自分だけだと、玲子は思っている。ましてや淳子のように若い女に、なにがわかるというのだろうか。

玲子は今年二十六歳になる。キャリア組の中には三十をすぎた女が何人もいるが、世間的に見れば決して若い方ではない。

飲み友達が恋人になり四年、どうして結婚しないのかとみなに言われ続けているが、

タイミングが悪かったとしか玲子は言いようがない。初めて玲子を抱いた後、隆はあきらかに結婚したそうなそぶりを見せた。それをわざとやりすごそうとしたのは、今思えばうぬぼれだった。

なにか言いかけて、そしてためらう隆の姿があまりにも不器用で、玲子は愛《いと》しさと同時に勝ち誇ったような感情さえ持ったのだ。それをもう少し長びかせていたいと思っているうちに、いつのまにか時間だけがたってしまった。そして今は玲子のプライドが、彼女の口を閉ざしている。

長い間、肌を合わせているからという理由で、結婚をねだる女にだけはなりたくなかった。それに玲子の前に何人かの男が現れたのもこれまた事実だ。彼らと隆を見比べ、そしてやはり隆の方に勝ちをやりたいと思った頃には、もう一人の男はしびれをきらす。そんなことの繰り返しだ。

これがよく人の言うマンネリというものかも知れないと玲子は思ったりする。

「あなたって、困るとか弱ったとか言いながら、若い子に好かれて喜んでるんじゃないの」

時々こんなふうに怒鳴りたい心を、玲子はぐっと抑《おさ》える。それよりも隆の話をにこにこと聞き、

「あら、可愛いじゃないの。せいぜい喜んであげなさいよ」

と言った方がずっと得だとよく知っているからだ。こうすれば隆と玲子は、お茶目な年下の女を温かく見守る、ひと組の男女になれるのだ。

二月になると冬の空気は、最後のひと頑張りとでもいうように、きりりと冷気をはなつ。玲子はキャメルのコートの衿《えり》を強くかき合わせた。

コートは上質のカシミヤだ。昨年のボーナスで手に入れた。ごく上質の素材のものをシンプルに組み合わせるのが玲子は好きで、よく似合うと人から言われる。

コツコツとハイヒールの音を鳴らして歩くと、何人かに一人は振りかえる男がいた。もともと美人というのは雰囲気だと玲子は思っている。目もひと重で、どちらかというと地味な顔立ちの玲子だが、巧みにアイシャドウをひくとエキゾチックな華《はな》やかさが香り立つ。背の高さを生かして、姿勢をよくすることも心がけた。こうしたことは、すべて玲子が考え工夫し、つくり出したものだ。

さっき、通用口のところで出会った淳子を思い出す。〝お嬢ちゃんグループ〟といわれる同期の女の子たちと一緒だった。オレンジ色のコートは、確かに色が綺麗でデザインも凝っているが、素材が化繊なのがひと目でわかる。

ああいう年頃の女たちは、素材まではとても目がいかないのだ。そしてそれと同じように感情さえも洗練されていない。自分の考えていることをむき出しにすることが、あたかも正義だとでも思っているようだ。

「名取さん、さようなら」

淳子は叫んだ。虚勢と対抗心が入り混じった奇妙な声だった。「やったじゃん」と、彼女のコートの袖《そで》をひっぱる他の女の子たちの姿が見えるようだ。

「お疲れさま」

すれ違った後は、二度と振り向かないで玲子は言った。あんな小娘に嫉妬など馬鹿《ばか》らしくて話にもならないが、それでも不愉快さは残る。いっそのこと、このまま隆のところへ行くのよ、とでも言ってやればよかったとさえ思う。

けれど駅前のスーパーで買い物をし、魚や野菜をあれこれ選ぶと、やっと胸の動悸《どうき》がおさまった。昨日から隆はカゼで休んでいる。電話で様子を尋ねたら鍋を食べたいと言う。タラをたっぷり入れた寄せ鍋は、前から隆の大好物だった。タラの他にもエビをふんぱつし、一合酒も忘れない。

高価なカシミヤに、スーパーの袋は不釣合いだったが、店を出た時、足どりははずんでいた。冬の舗道《ほどう》はやはりこういうものを持っていた方がいい。ハンドバッグだけを持つ女より、少なくとも幸福そうに思える。

幸福といえば、街のあちこちにハートのポスターがやたら目立つ。もうじきバレンタイン・デーが近づいているのだ。

スーパーの菓子売り場にも、チョコレートが山積みにされていて、そこに数人の女子高校生が群がっていた。その光景を玲子はあまり好きではなかった。

もちろん、学生時代には戯《たわむ》れにボーイフレンドにチョコレートを渡したことが何回かある。けれども隆にそんなことをしたことは一度もない。

会社では、ノンキャリア組の女の子たちが、小さな包みを男性社員に配るのが毎年の習わしだ。隆も一口で食べられそうなそれを貰《もら》ってはまんざらでもなさそうな顔をしている。

「そういうの、義理チョコっていうのよ」

玲子がやんわりと皮肉を言うのも毎年のことだ。

「義理でも何でも、こういうものをみんなに配る心根が嬉《うれ》しいじゃないか」

ふだんは甘いものが大の苦手のくせに、隆は黙々と銀紙を開ける。きちんと治さない虫歯があるから、隆は噛《か》みながら一瞬顔をしかめる。

そんな顔を好きだと思いながらも、玲子は隆にチョコレートを渡さない。他の女と一緒に店頭に立ち、リボンをつけさせるなどという行為は考えただけでぞっとするのだ。

二人きりの密室で鍋をつくることはできても、男のために何かしている現場を他人に見られるなどまっぴらだと玲子は思った。

アパートに着くと、案の定、隆は何も口にしないで毛布にくるまっていた。本以外はほとんど何も持っていない男だから、部屋はそう混乱していないが、ベッドのまわりはティッシュペーパーが丸めていくつも捨てられてあった。

「病院にちゃんと行ったの」

「カゼぐらいで病院なんかに行かないよ」

隆は北海道の生まれだ。家の中は東京の方がずっと寒いというのは、彼の口癖だった。

「起きられる」

「ああ、今ちょうど着替えようと思ったとこだ」

「パジャマのままでいいから、上にセーターを着なさいよ。どうせあなたのことだからお茶も飲んでないんでしょ。食事の前にミルクを沸《わ》かしてあげるわ」

玲子はてきぱきとテーブルの上を片づけ、コーヒーカップを並べた。

「寄せ鍋をつくろうと思うんだけど、食べられる」
「ああ、その後おじやが食べたいな」
眼鏡をはずすと、隆の目は意外と大きい。くっきりした二重まぶただ。
玲子がこの部屋に泊まる時、彼はいつまでも寝ようとはしない。
何度も聴《き》いているはずのワーグナーをかけ直したり、原書を開いたりする。そして
その後、やっと眼鏡をはずすのだ。
「さ、寝るか」
そして眼鏡なしの彼は、あきらかに別人になる。昼間からは考えられないような下《げ》
卑《び》た動作をすることもあった。
だから、大きな目をそのまま見せる隆の顔は、そのまま性的なものにつながる。そ
して玲子はこれを決して他の女に見せたりするものかと思ったりするのだ。
やっと食欲が出てきたらしく、隆の箸《はし》は進んだ。残った汁の中に飯を入れ、卵を割
る。これは隆の大好物なのだ。なんでも教師をしていた母親が、忙しい時の間に合わ
せに、よく味噌汁《みそしる》で卵おじやをつくってくれたという。
「あれだけ食べてれば何も文句を言わなかったんだから、本当に扱いやすい子どもだ
ったんだよな」

玲子がいけないと止めたのに、隆は食後の煙草《たばこ》をふかしながら言った。

その時だ、棚《たな》の上の電話が鳴った。

「もしかしたら矢崎かもしれないな」

矢崎というのは隆の同僚だ。私大の英文科を二年留年したという彼は、万事にいいかげんで軽薄なところがあるが、なぜか隆と仲がいい。

「もし、もし、倉田です」

カゼのためか、隆の声は少しかすれていた。

そしてそれがかすかに上ずったのを玲子は確かに聞いた。

「え、だいじょうぶだよ……。ああ、ちゃんと食べるものは食べた。だから心配しなくてもいいよ」

淳子に違いないと玲子は思った。時々隆が、こちらを見ていることからでもわかる。

玲子は傍にあった雑誌を広げ、読み出すふりをした。

「え、そんなのいいよ。とんでもない。いいから、いいから……」

淳子はどうやら見舞いにきたいと言っているらしい。隆がきつい言葉で断《こと》わらないことに玲子はいらいらしたが、さらにページをめくる。

「今日かい……。もちろんじっと寝ていたさ。…………。そりゃ、つまんないよ。カゼをひいてて楽しいことがあるはずないじゃないか」

隆の言い方は、女学生を前にした青年教師のようだと玲子は思った。強い言葉を並べようとするのだが、徹底的に嫌われたくない。そんな気持ちがありありと見える。

「いまの電話、淳子ちゃんから」

席にもどってきた隆に、玲子はできるだけやさしい声で尋ねる。

「ああ、そうだよ」

隆がちらっと上目づかいをしたことに、玲子は怒りをおぼえた。あの女を、どうして自分が気にしているなどと思ったりするのだろう。

「あの子、よくあなたの電話番号を知ってるわね」

できるだけさりげなく聞いたつもりだが、それは失敗したようだ。隆の顔がみるみる間に不愉快そうになっていくのがわかる。

「そりゃ、わかるさ。総務の子なんかとも仲がいいんだから」

「〝女の子たち〟って――」

女の子という言葉に力を入れる。

「みんなで淳子ちゃんのことを応援してるのね。エレベーターなんかに一緒に乗り合わせようもんなら、まるでこちらを、敵《かたき》見るみたいな目つきで見るのよ」

「気にしなくていいよ。あの子たち、退屈しのぎに、遊びでやってるんだから」

「まあそれはわかるんだけど、会社を学校の延長みたいに考えられたらたまらないわ」

「そうかな。みんな可愛いじゃないか」

「そりゃ可愛いわよね。あれだけ好かれてたら嬉しくもなるでしょ」

止めようと思っても、今までこらえていた言葉が次から次へと出てくる。けれどそれを怒りではなく、なんとか皮肉ぐらいまでにおさえていると玲子は思った。

「そんな言い方、君らしくないよ」

隆は穏やかに目をしばたたかせる。玲子をなだめようとしているのではない。はなから喧嘩ができない男なのだ。

「僕は君に何も隠しごとをしてないよ」

「あたり前でしょ。あったらたまらないわ」

「手紙のこと、話したっけ」

「なによ、それ」

「あの子から手紙をもらったんだよ」

「あり得る話ね」

「こんなことを話すと、彼女を傷つけることになるかもしれないけど……」

「玲子さんに絶対このことを言わないでくださいって、書いてあったんでしょ」

「そうだ」

隆は少しためらった後、続けた。

「バレンタイン・デーの日に、私をあげますって書いてあったんだ」

「よかったじゃない。望むところじゃない」

玲子はあざ笑うように言った。

「ピチピチした女の子が、向こうから抱いてくれだなんて、めったにある話じゃないわ」

「やめろよ。あの子はまだ子どもなんだ。そういうことを書いて自分で楽しんでるんだよ」

隆は二本目の煙草に火をつけた。

「ご自由にやってちょうだい。私は止める権利なんかないんだから」

「そういう言い方はないだろ。僕は君のことを大切に思ってるから、こうして相談してるんだ」

「だからって、私は何て答えればいいのよッ」

玲子は立ち上がっていた。誰を憎んでいるのかよくわからない。ただ頬《ほお》が乾いていた。

そしてその相手はやはり淳子だと思ったのは、それからずっと後だ。

バレンタイン・デーの日、淳子はピンクのニットを着ていた。

最近の流行らしいのだが、髪に同色のリボンをつけている。もしかすると、これは自分に対する包装のつもりかもしれなかった。タイムカード・ルームのところで、玲子は淳子と顔を合わせた。緊張しているのがひと目でわかる。

今日、淳子は隆と会うのだろうか。

あれ以来、玲子は隆と会っていない。電話がかかってきても切ってしまう。自分が拗《す》ねているとは思いたくなかったが、隆にどうしても示したいことが山のようにあった。

淳子とすれ違った時、甘い香水のにおいが鼻についた。ちょうど六年前の玲子と同じ、透《す》きとおるような肌をしていた。目がキラキラ輝いている。

嫉妬を抜きにしても、淳子は綺麗な娘だった。こんな娘が、自分のからだも心も贈ろうと言ってくれている。こんな時、男はどのような態度をとるのだろう。隆のような不器用な男も、やはり心を動かされるのだろうか。

午前中、社内電話が二回あった。隆からだった。

「今日、会えるだろ」

「忙しいわ」

「やめろよ。そういう言い方」

「おそれ入りますが、別の電話が入っておりますので……」

二度ともこちらから電話を切った。

五時になるやいなや、玲子は会社を出た。まさか定時に、玲子が退社するとは隆は思いもしないだろう。どこかで待ちぶせしたとしても空振りになる。そしてその後、淳子とどこかへ出かけようと、それは隆の勝手だ。

駅に向かう途中、玲子は店のワゴンの前で足をとめた。

「いかがですかぁ。特別デザインのチョコレート。お名前が入れられますよ」

白いエプロンをつけた少女が声をかけた。

「これ、一個ちょうだい」

「ありがとうございます。相手の方のお名前は」

「それはいいの」

チョコレートはピンクのリボンがかかっていた。それは淳子の髪につけられていたものと同じ色だ。あの娘と同じぐらいくだらないことができたら、どれほど気がラクだろうか。

チョコレートはハンドバッグの中に入れるには少し大きすぎた。それを片手に持ち、駅の改札口をくぐろうとした時、玲子は向こうからニコニコ笑いながら近づいてくる男に会った。

矢崎だった。外まわりの帰りらしい。トレンチコートの衿を立てて、こちらに手を振っている。

「いま、帰り。あれ、今日は隆と一緒じゃないの」

「冗談じゃないわ。いつも一緒にいるはずないじゃない」

「だって今日はバレンタインじゃない。恋人同士が語り合う日でしょ」

玲子は軽く鼻で笑った。それを彼は勘違いしたらしい。

「ま、いいか。君たちみたいな仲よしは、バレンタインなんて関係ないか」

「そう。いつものように一人淋《さび》しく帰るだけよ」

「じゃ、玲子ちゃん。ちょっと僕とつき合わないかい。お茶だけでもいいし、食事でもいい」

矢崎の下手な言い方は、今の玲子にとって快い。

二人が最後に行ったところは、銀座の地下にある小さなバーだった。

「さっきのお料理おいしかったわ。矢崎さんって意外とおいしい店知ってるのね」

「意外とはひどいな。僕は倉田なんかより、よっぽどセンスいいよ」

「それはそうかもね」

矢崎はレジメンタル・タイをしている。大学のラグビー部に所属していたことを、なによりも誇りにしている男だった。

「玲子ちゃん、それ、さっきから気になっていたんだけど……」

カウンターの前の包みを指した。

「そのチョコ、隆にあげるんじゃなかったら誰にあげるつもりだったの」

「矢崎さんにあげるつもりだったの」

玲子は自分がいまどんな目をしているか、はっきりとわかった。

「それは嘘。今日会った男の人、誰かにあげるつもりだったの」

「そうか、光栄だなぁ……」

矢崎は急に無口になり、水割りをしきりに口に運ぶ。

あと一時間もすれば、彼はきっと自分のことを口説くだろう。矢崎とホテルに行くかどうかそれはわからない。

同じ日、たぶん同じ時刻に、隆と自分は同じ賭けをしようとしている。

それが二人のバレンタインだった。

# 3
月

## 卒業

March

良樹《よしき》のデイ・パックの中から、黄色い表紙の雑誌がのぞいているのが見えた。ひっぱり出してみたらやっぱりそうだった。「アパート・マンション情報」と、大きな赤い字で描いてある。

端《はし》の方は少しめくれていて、良樹がこれを丁寧に読んでいたことはすぐにわかる。

「なによ、裏切り者」

こう言えたらどんなに気持ちが楽になるだろうと思ったけれど、やっぱり私には言えない。黙って雑誌を元のように戻した。

昨年の暮れに内定の通知をもらってから、良樹はずっと機嫌がいい。当たり前だ。彼の成績では絶対に無理だと言われていた、大手の流通企業に決まったのだから。

優の数も、ゼミの評価も私の方がずっと上だった。それなのに私は、女だからということでいろいろな会社をはねられ、ようやく小さな建設会社にありついたのだ。入社したらマーケティングをさせてくれるという約束だが、実際のところはどうなるかわからない。私も会社訪問の時に見かけた女たちのように、膝《ひざ》がまる出しになる紺《こん》の制服を着るのだろう。そんなことを考えるとぞっとするけれど、田舎へ帰るよりはましだ。

うちの母は最後の最後まで、こちらの教員採用試験を受けてくれ、こっちにもどってきてくれ、と言っていた。けれど私は頑張った。なにも父の教師という職業を馬鹿にしているわけではないが、人にものを教えるなどというのは、とうてい私の性《しょう》に合わない。それより、人からものを教わる方がずっといい。

考えてみると、六つで小学校に入ってから二十二歳の今日まで、私は十六年間も学生でいたことになる。十六年といえば、赤ん坊がいっぱしのティーン・エイジャーになる年だ。そんなに長い間、学校に通う生活ばかりしていたのだから、他のことを急に始めろと言われてもとまどってしまうのは仕方ない。できることならば、あと五年ぐらい、校門前の喫茶店でお茶を飲んだり、アルバイトをしてスキーに行ったりする生活をしたい。今まで〝モラトリアム〟などという言葉を聞くたびに、人ごとのように思っていた私だが、二月のカレンダーが残り少なくなっていくと、突然身震いしたいような気持ちになってくる。

それなのに良樹ときたらどうだろう。一流会社の社員になるという期待で、鼻唄《はなうた》まじりの毎日だ。私はそれを見るたびに少し憎らしくなる。

この「アパート・マンション情報」にしてもそうだ。

「本社が渋谷《しぶや》だろ。やっぱり東横《とうよこ》線にしようかな」

などとつぶやいていた。もう四月からのことしか考えていない。フレッシュマンになって、高い初任給をもらう。そして小綺麗なアパートに引っ越す。たった一人で――。

こうなることは、ずっと前からわかっていたことだったけれど、それでも私の胸はたえずざわざわと騒ぐのだ。

私たちの学校は、高尾《たかお》のもう二つ先の駅にある。

バスに二十分以上揺られると、山肌を削りとった窪地《くぼち》が見え、その中に白いキャンパスが建っている。まわりに店がぽつぽつでき始めたが、夜になるとタヌキがうろつくという噂もあるぐらいへんぴな場所だ。

私だって、好きでこんなところに来たわけではない。学校移転の話は、青森《あおもり》の高校にいた時から知っていたが、まさかこんなに早く行なわれるとは思ってもみなかったのだ。

それに、いくら都落ちしたとはいえ、私たちの大学は私大の中ではまあまあのランクに属していて、真っ先にここに移ってきた経済学部は中でも伝統があった。

高校一年の時から、私はここの経済学部をめざしてずっと勉強をしていた。それに、東京は修学旅行の時にしか来たことのない女の子にとって、高尾のはずれがどういうところなのか想像できるはずがない。

「あれ、これじゃうちの方とあんまり変わりないね。これでも東京なんだね」

アパートを探すために一緒に上京した母は、あきれた風を装いながら、いかにも嬉しそうだった。

ひとり娘の私を、東京に出すのをあまりいい顔をしなかった母だ。ディスコはおろか、ろくすっぽネオンも見えないこの学校を見て、かなり安心したのだ。

「きっと勉強に身が入るね」

などと、ほくほくしながら帰っていった。

ところが、母にもこの時の私にもわからなかった大きな秘密が、この学校にはあったのだ。

いや、秘密といってもたいしたことではない。同棲《どうせい》する学生の数が異常に多いだけだ。

なにしろ、まわりには何もない。新宿《しんじゅく》へ出るにも一時間以上かかる。こんな場所に若い男女を閉じ込めて、学問に身が入るなんていったい誰が思ったんだろう。手っとり早くて、いちばん楽しいレジャーといったら、やはり「恋」しかないはずだ。

最初にそれに気づいたのは、入学してすぐのオリエンテーションの頃だった。

「ねえ、ねえ、君たち、テニス同好会に入らない。ここはひでえ環境だけどテニスコートだけは広いからさあ」

剽軽《ひょうきん》に近づいてくる上級生がいた。私と朝子《あさこ》はくすっと笑って、そのまますぐにお茶についていった。朝子というのは、入学式の日に知り合った盛岡《もりおか》出身の女の子だ。同じ北国生まれではないかというのは、すぐにわかった。

大学時代の友人というのはおもしろいものだ。一人ぼっちの不安とみじめさから、最初に目に入った人間を手っとり早く友人と決める。後に多少の調整はするものの、四年間を通じての親友になってしまうのだからいいかげんなものかもしれない。

とにかく私と朝子は、とりあえずいつもぴったりとくっついていた。その時も二人でなかったら、知らない男になどついていかなかっただろう。

「テニスはいいよ。あそこと、あそこと、あそこ……」

上級生は都心にある有名大学の名前をいくつかあげた。

「みんなとテニス同盟結んでトーナメントをしてるから、しょっちゅう都会の人たちと交流ができる」

こう言ってもう一度私たちを笑わせた後、

「それに〝夫婦もん〟も多いから、楽しい雰囲気だぜ」

「あら、ここってそんなに学生結婚が多いんですか」

朝子がすっとんきょうな声を出した。

「違うよ、違う。本当の夫婦じゃないよ。もちろん」

「いやだァ……」

私たちは同時に赤くなった。ひどく不潔なことを知ったような思いと同時に、いかにも大人の世界に踏み出した晴れがましさもあった。

「なにしろ人里離れた学校だろ。他に何の楽しみもないから、ここにいる間は便宜的にくっついちゃうんだよ。二人ならアパートもいいとこ借りられるし、なんでも便利だろ。そのかわり、卒業する時は、きっぱりと別れる。ま、今どき同棲なんて流行《はや》らないけど、僕たちみたいに山の中に閉じ込められちゃうと結局みんなくっついちゃったりして……」

その男はしつこくクラブ勧誘をすすめたけれど、私たちはお茶だけをご馳走《ちそう》になってすぐに別れた。田舎育ちの私や朝子にとって、やはりこの同棲の話はショックだったのかもしれない。

しかし、あたりを見わたしてみると、確かにそんな男女はいくらでもいた。学食で仲よくサンドイッチを食べる二人だとか、一緒にオートバイに乗って通学してくるカップルだ。入学した頃はまともに見られず、私が何度も目を伏せた光景だった。

この私たちの学校のことは、たった一回だけれど週刊誌にのった。

「移転の思わぬ副産物。同棲カップル激増中」

小さな囲み記事だったから、たぶん両親は見ていないはずだ。それよりも私の目を射たのは、

「たいてい夏休みが来る頃までに、話が決まって一緒に住み始める」

という一行だった。その時はもう六月だったのに、私にはボーイフレンド一人できず、ひどくはぐらかされたような気持ちになったものだ。

良樹とは、同じクラスだったから、それまでも何度も顔を合わせている。

しかし、眉《まゆ》がやたら太い男の子だなぁという印象しかない。後で聞いたら、宮崎《みやざき》県の出身ということだった。そうひどい訛《なま》りがあるわけでもないのに、無口で友だちもできないようだ。もっとも、男は女と違って、手っとり早く身近にいたものと仲良く

なるなどという芸当はできないのかもしれない。

夏休み前、キャンパスをいかにももの慣れたように徒党を組んで歩いている新入生は、たいていが東京出身の男の子たちだ。同じ高校から来ている彼らは、億劫《おっくう》がらずに新宿にでもすぐ出かけていく。

「六本木《ろっぽんぎ》のあそこでさ、知り合ったアオタンの女がさぁ」

などということを声高に話す彼らは、ちょっと得意そうだ。この頃、東京の男の子たちは、いろんな分け前を、まだまだ他から来た人間にやろうとはしなかった。

それが最もよく現れたのは、夏休み直前のゼミナールキャンプの時だっただろう。親睦《しんぼく》と研究を兼ねて、日光《にっこう》の大学ハウスへ一泊することになった。

この時、東京の男の子たちは自家用車で分乗するから、集合場所の浅草《あさくさ》駅に集まった大部分は地方出身の学生だった。

「日光って初めてさ。どんなところだかいっぺん行ってみたかったんだ」

良樹が東武《とうぶ》線の中で無邪気に言うのを聞いて、私はちょっと驚いたものだ。私も日光に行ったことがなかったのだが、そんなことはなぜか口にしてはいけないと思っていた。

良樹は黄色いコットンシャツに細身のジーンズで、長い足を大きく組んでいた。着ているものはさりげないが、かなりしゃれている。

「そのまま黙ってれば、絶対に東京の男の子に見えるのに」

と思ったら、ほんの少しいらいらした。そしてその時から、目が離せなくなったような気がする。

夜のコンパで、良樹は『昴《すばる》』を綺麗な声で歌った。

「よ、グリークラブ」

と誰かがからかい、良樹は白い歯を見せて笑った。顔が浅黒いから、歯がとても目立つ。右の方に小さな八重歯があった。

「飯島《いいじま》君って、わりとかわいいじゃん。うちのゼミの中じゃマシな方ね」

とろりとした声で言ったのは、香苗《かなえ》だ。彼女は女子学生が少ない経済学部の中では圧倒的に目立つ。なんでも横浜の有名女子校を出ているそうで、「お嬢さま」と言ってみなはちやほやしているが、私にはとうていそう思えない。

厚ぼったい唇に、蛍光色の口紅を塗っているのは、自分のコケティッシュな容姿をよく知りぬいているからだ。いつもまだるっこしい喋《しゃべ》り方をする。

「カナエちゃん！　カナエちゃん！」

担当教授が自室にもどった頃には、もうみんな相当酔いがまわり、シュプレヒコールと拍手が起こった。そんな時、必ず名前を呼ばれるのが彼女だ。

「やだあ、あたし、歌うの好きじゃないものお」

香苗は、スリップ型のサマードレスの肩をくねらせる。

「じゃ、なんか踊ってみてよ」

東京組の男の子が言って、それじゃと彼女はフロアの真ん中に出る。男の子たちの酔った目が、露骨に彼女の胸やアップにしたうなじに集中したのがわかり、私たち女の子はいたたまれなかった。

「じゃ、いっちばん新しいステップやるからねぇ」

彼女自身も相当グラスを重ねていたらしい。

「ズンチャッチャチャ」

とリズムをとりながら、大胆なディスコダンスをする。

「カナエちゃん、お願い。ちょっと足見せて」

すると驚いたことに、彼女は片目をつぶりながら、アロハ調のドレスの裾《すそ》を持ち上げたのだ。

「おーっ！」

すごいどよめきが起こった。すると彼女はますます調子にのり、ドレスのストラップをはずすふりをする。あきらかにストリップの真似《まね》をしているのだ。

こんな時、見ている女は、どういう顔をしていいのか本当に困る。不愉快そうにするとひがんでいるように見えるが、まさか一緒に手拍子をとるわけにはいかない。

何度めかにうつむこうとした時、私は良樹と目が合った。彼はおだやかな微笑をうかべているものの、そう楽しんでいるようには見えない。

私はトイレに行くようなふりをして席を立った。彼が絶対についてくるという自信があったのだ。

ベランダから、夜露のおりた芝生に出た時、私は後ろから足音を聞いた。ふり向いたらやっぱり良樹だった。

「やーね」

このひと言で、彼も頷《うなず》く。

「東京にはあんな人がいるんだね。僕、びっくりしちゃった」

「あの人は特別なんじゃない」

遠くの部屋から、「カナエちゃん、カナエちゃん」と、節《ふし》をつけて呼ぶ声がずっと続いている。私たちはごく自然に、ベランダに腰かけてさまざまな話をした。

夏休みに、私は田舎から何通もの手紙を良樹に書いた。それは九月にはラブレターに変わっていったと思う。なぜなら、会えない二か月の間、私は本当に淋しかったのだ。だから新学期になって、前よりもいっそう日に焼けた良樹に会った時、私はもう少しで涙が出てきそうだった。彼はプールの監視員のアルバイトをしていたそうだ。郷里の土産を私にくれた。それは貝殻でできたブローチで、白く乾いた色は、私の知らない南の海を思い出させた。

そして再会した夜、私たちは初めてキスをして、次のデートの時はホテルに行った。大学の南の方に中央高速が通っていて、その出口あたりに、赤や紫のネオンがぴかぴかしていたのだ。そこを利用する上級生の話はしょっちゅう聞いていたが、入るのはもちろん初めてだった。

私は自分の初体験をどうしたこうしたと言うほど悪趣味ではないのだけれども、その日をきっかけに、どうしようもないほど彼に夢中になってしまったのは本当だ。それは良樹も同じだったらしい。

二人とも、会えばすぐに誰もいないところへ行って、抱き合うことばかり考えていた。

けれど学生の私たちが、しょっちゅうホテルに行ける余裕などない。彼は四回目からは、自分のアパートへ連れていった。

丘陵地帯を拓《ひら》いたところには、まだダンプやショベルカーがうろうろしている。良樹のアパートはそんな一角にある新築アパートだ。新築といえば聞こえがいいが、近くの地主が学生めあてに建てたちゃちなプレハブは、まるで明日にも取りこわす飯場みたいだった。

家賃四万七千円で、六畳に三畳の台所、それに小さな風呂がついている。贅沢《ぜいたく》なようだが、このあたりには銭湯など一軒もないのだから、風呂は必需品だった。私のアパートにも大家さんと共同の風呂があった。

その瞬間が来ると、良樹は私の口を掌《てのひら》でおおう。そんな記憶はないのだが、叫び声をあげているらしい。

「そんなに大きな声じゃないんだけど……」

良樹はすまなそうに言った。

「とにかく壁が薄いだろう。隣のやつにつつ抜けなんだ。彼もうちの学校でさあ……」

私はとても嫌な気がした。

「久美《くみ》ちゃん、一緒に暮らそうよ」

良樹がそんなことを言い出したのは、私が良樹のピローを顔にあてることを考え出した頃だ。

「二人で住めばさ、もっといいアパートに越せるし、いろいろすごく便利だよ」

オリエンテーションの日の、上級生と同じようなことを言った。

「ダメよ。親に知れたら困るもの」

「わかりゃしないよ。電話も二本ひけばいいんだしさ。それに夏休みも冬休みもしょっちゅう帰ればいい。そうすれば親なんて様子を見に来ないよ」

良樹は力をこめて言う。そしてその後ですぐに、ため息をもらしたりするのだ。

「久美ちゃんの肌って綺麗だなあ。すげえや。北国の人って、みんな久美ちゃんみたいなの」

こういう言葉を聞くと、私は気が遠くなりそうなほど嬉しくなる。自分のからだ、つまり私の存在が、これほど他人をうっとりさせるなんて、今まで考えたこともなかったからだ。そして私はこんなに私を喜んでくれる相手のためには、どんなことでもしなければいけないのだと決心したりするのだった。

私と良樹が一緒に暮らしはじめたのは、もちろんセックスのためだけではない。ごはんをこしらえてやったり、彼のシャツを洗ってやるのも私には楽しかった。

「それにもう朝になってもさよならしなくてもいい。やっぱりそれにつきるんじゃないかしら」

そんな私に、きっぱりと忠告してくれたのは朝子だった。

「だけどさ、同棲して結局損するのは、やっぱり女の方なのよ。始める前に、いろいろ約束をしておかなきゃダメよ」

ジャーナリストをめざしている彼女は、いろんなことをよく知っていたし、取材する能力にもたけていた。うちの学校は、同棲カップルのための契約事項が伝統となりつつあるそうで、これをメモしてくれたのも彼女だ。
①生活費はすべて折半とすること
②家事はおのおのの分担とすること。しかし男女の能力には自ずから差があるため、食事は女性、掃除は男性というふうに柔軟性をもって考えること
③休日はおのおのの自由意思とする
などという文章がいくつか並んでいて、その最後に、

「なお、この契約期間は卒業時をもって終了とする」

という一行があった。

「そりゃ、そうよ。ずるずると結婚なんかするのは六〇年代の同棲。今はすっぱり別れる方がカッコいいわよ。ねえー」

と朝子は傍《かたわ》らにいた良樹に同意を求めた。

「そうだね。僕もそう思う。将来のことは将来で考えるとして、この山の中であったことに一応ケリをつけるのが賢いやり方かもしれないね」

その時、何か言うのはとても不粋《ぶすい》のような気がして、私はそのまま黙り込んだ。

「これにね、二人のサインをして、立ち会い人に預けるんだって。私がこれ、保管しててもいい？」

朝子はなぜか、やけにはしゃいでいた。彼女にもこの時、恋人ができていたのだ。きっと自分たちの参考にするつもりだったのに違いない。

その夜、私たちの同棲スタートを祝して街まで飲みに行った。高尾の駅前は、私たちにとって、祝いの場となるぐらい立派な繁華街だった。スナックで、朝子の分も入れて代金、六千三百円。私たちはそれをきっちり二分の一に割って、契約事項のいちばんめはまず守られた。


こうして私と良樹の三年間はすぎていった。その間、もちろんケンカもいっぱいしたし、いくつかの危機もあった。東京に研修に来た父が、私の下宿に寄ろうとしたこと、良樹の結婚したお姉さんが、突然遊びに来て私たちのことを知ってしまったことなど、数え上げたらきりがない。

けれど一緒に住むことによって、私たちが今までよりずっと快適に生活ができたことは本当だ。

地方のふつうの勤め人の子どもである私たちへの仕送りは、どちらも十万円だった。一人で暮らすにはきつい金額だが、二人なら二十万円になる。若夫婦と考えたら、まあまあのサラリーだろう。それに時々はアルバイトをしたから、私たちはそうみじめなことにはならなかった。

二年生になる頃には、六本木に繰り出すことも覚えたし、スキーや旅行にも何度か行った。私はまめなたちだったから、煮物をしたり、ガスレンジもいつもぴかぴかに磨きたてた。洗たくと掃除は当番制にしたが、良樹は時々さぼって、よく私にやらせたものだ。

そのかわり、アルバイトの金が入った時は、洋服を買ってくれたり、食事につれていってくれたりした。

家事と費用は折半するという契約は、私たちの場合は守れなかったわけだが、いいようにだらしなくなった、と私は思っている。

そしてそんなふうにして、私たちの月日はすぎ、再来週は卒業式だ。三月いっぱいで私たちはこのアパートを引き揚げなければいけない。四月になれば、私たちはアカの他人になって、時々お酒を飲んだりする仲になるのだろう。

私はそう決心している。あきらめもついている。

けれど良樹はどう考えているのだろう。

私たちの最初の約束では、卒業時にきっぱり別れることになっている。だからといってその約束に寄りかかって、ひと言も言わなくてもいいということにはならない。

私は良樹が本棚の整理を始めていることも知っている。新しいアパートを見つけようとしていることも知っている。それなのに私は、そのことをなじることも責めることもできないのだ。

私は奥の四畳半の窓を開けた。ここにかかっている水玉のカーテンの代金まで、きっちり二等分した。それはすべて「後《あと》くされ」を無くすつもりだったからだ。

窓からはネギ畑がよく見える。丘の上に建っているこのアパートは、家賃が七万円ちょっと。新婚のサラリーマン用に建てられたもので、学生用のそれとはつくりも広さもまるで違う。四畳半の部屋が二つに、六畳の居間さえあった。

そしてここに住む贅沢とひきかえに、私は大切なものを売ってしまったような気がする。

「後くされ」って、いったいどういう意味だったのだろうか。二人の心が、時間がたつとぐにゃぐにゃにふやけることを意味するのだろうか。

私はふと香苗のことを思い出した。彼女は横浜の家を出て、その後四人の男ととっかえひっかえ同棲している。ああいう女こそ、同棲契約が必要なのだ。田舎から出てきた小心な女の子が、都会の女の真似をして、すべてを割り切ろうとした。ドライに生きているふりをした。

そのしっぺ返しがこうだ。

私はのろのろと立ち上がり、窓を閉めた。押入れを開けて、私は私の荷物を整理しなければならない。

今夜も遅く帰ってくるだろう良樹に、いろんなことが言えたらどんなにラクだろうと思うけれど、やっぱり私は言えない。「結婚」なんて、女の口から死んだって言えやしない。いまここで泣いても最後の日は笑っていようと私は決心した。

とうとうカッコいい女の子になりきることはできなかったけれど、そんな舞台裏を、今でも好きな男には見せたくなかった。

# 4月

## エープリル・フール

April

すっかり春だと思ったら、みぞれ混じりの雨が降ったりと、おかしな天気が続きますが、お元気でいらっしゃいますか。

このあいだは、素敵なお祝い、ありがとうございました。ものすごく可愛いベビー服、うちの息子にはもったいないと主人とも話しております——なーんちゃって、私もすっかり主婦っぽくなってしまったでしょう。

今度の同窓会、もしかするとママはあなたと私だけかと思ってたけどそうでもないみたい。ほら、岡田礼子《おかだれいこ》さん、憶《おぼ》えてるでしょ。あの人も去年の暮れに女の赤ちゃんを産んだんですって。会のことを連絡する時に、たっぷり電話で話しちゃった。彼女が言うには、やっぱり初めての子は二十五歳までに産まなけりゃいけないんですって。私たち、ギリギリのところでよかったわね。

だけど四月一日の同窓会、本当に楽しみ。私、このあいだ村田《むらた》君から聞いたんだけど、東京に出ている人だけで、十四人もいるんですって。もっと長野に残ってる人がいると思ったけど意外だったわ。

どうして四月一日にするの。エープリル・フールだと思って来ない人がいるかもしれないわよって、村田君に言ったら、四月一日っていうのは、私たちの高校の入学式なんですって。

昭和五十一年の四月一日、私たちは長野県立篠崎高校に入学したってわけ。あれから十年もたつなんて本当に嘘みたいね。だけど現実には、私の横にはチビが寝てるし（この手紙、チビがおとなしくしてる間に必死で書いたの。字が汚くてごめんなさいね）、あなたも人のお母さん。なんだかおかしくって笑っちゃいたいような気分です。

みんなもどんなふうに変わったかしら。本当に本当に同窓会が楽しみよね。ところであなた、尾高裕美《おだかひろみ》の居どころを知ってる？　私はあまり仲よくなかったし、どうしてるかわからないの。

この話、誰にも言わないでほしいんだけど、ついこのあいだ、主人が裏ビデオを会社の人から借りてきたのね。私もちらっと見たんだけど、あそこがアップで映《うつ》ったりしてて本当にびっくりしました。

その女の人の方が、尾高さんにそっくりなの。お化粧も濃かったし髪型も変わっていたけど、尾高さんじゃないかしら。彼女、学生時代から目を細める癖があって、男の子たちが色っぽいって騒いでたじゃない。その女の人も、やっぱり目を細くして見るの。十年ぐらいだと、女の顔ってそう変わらないと思うのね。だから私は彼女に間違いないと確信を持ってるんだけどなあ……。

でも、うちの高校は一応名門校だったし、そんな変な人がいるわけないわよね。とにかく私は、あのビデオを見た時に本当にびっくりしちゃった。

でもこんなこと黙っててね。同窓会の幹事なんかに言わないでほしいの。ほら、そうでなくても、私たち女の子はなぜかしら尾高さんをいじめてるようにとられるところがあったじゃない。ちゃんと調べるからお願いよ。

岸井邦子《きしいくにこ》

三月九日

岩谷初美《いわたにはつみ》様

前略

昨夜はごめんなさいね。私の電話で赤ちゃんを起こしちゃったみたい。

私も経験あるけど、赤ん坊をかかえてる時の電話って頭にくるのよね。それを知っていながら、つい焦《あせ》っちゃって電話をかけてしまった私。本当にごめんなさい。これからは手紙にします。

ねえー、あれホント？　尾高裕美のこと。

裏ビデオに出てたからって、私は驚かないわ。いかにもあの人のやりそうなことじゃない。

私は昔からあの人、大っ嫌いだった。邦子ちゃんだってそうでしょ。

あの人って絶対に美人じゃなかったけど、男の人を魅《ひ》きつけるっていうのかな、やけに大人っぽいところがあったと思うわ。制服なんかも、どうということないけど、衿のへんなんかがスッキリしててさあ。

私、うちのダンナに一回話したことあるのね。卒業アルバムも見せたわ。

「いる、いる。こういう女の子、どこの学校にも必ず一人いるんだなあ」

って、ダンナ感心してるの。やっぱり高校時代、こんなコに憧《あこが》れてたことがあるんですって。本当に男ってバカで嫌になっちゃうわ。

私たちがせいぜい乳液かリップクリームを塗っている頃、あの人ってすごく念入りに肌の手入れしてたのよね。眉も綺麗にしちゃってさ。女子高校生なんて、うなじなんてボサボサしてるじゃない。ところがあの人は違うの。ポニーテールしてても、ちゃんと衿足に気をくばってんのよね。

私、二十五すぎてやっとわかったんだけど、あれじゃ男の子たちがまいっちゃうわけだわ。

私、いまでもよく憶えてんだけれど、クラブで遅くなった時に、自転車置場に一人で歩いていったのね。ほら、近道しようとして、図書館の中庭を通ったの。そこに彼女と渡辺《わたなべ》君が立ってたのね。渡辺君は陸上部のユニフォームのまま、二人抱き合ってキスしてたのよ。

ま、キスぐらいは仕方ないとしても、学校でするなんて大胆だと思ったわ。いろんな噂もあったたし、だから私はあの人が何をしてても少しも驚かない。だけど裏ビデオとはねえ。うちのダンナに聞いたら、出てる人たちはカメラの前で本当にセックスしてるんですって。

「お前、見たいんなら借りてきてやろうか」

なんてニヤニヤしてるんだけど、冗談じゃないわ。そんなもの、誰が見るもんですか。私が倉沢《くらさわ》洋子《ようこ》さんから聞いた話によると、あの人三年前までは渋谷の会社に勤めてたんだって。

なんでも英語教材を売ってたとこで、そこであの人、秘書みたいなことをしてたんですって。私が思うに、男の人とごたごたを起こしてやめたんじゃないかしら、きっと。そんな気がする。

ねえ、ねえ、その裏ビデオっていうの、まだあなたのうちにあるのかしら。あったら貸してくれない。あなたのうちで見るのも悪いから、洋子さんとか慎子《しんこ》ちゃんを集めてうちで見るわ。ちなみにうちはＶＨＳです。

赤ちゃんが寝てるすきに電話をかけてちょうだい。高島平《たかしまだいら》だったら、地下鉄を乗り換えるだけだから取りに行きます。とりいそぎよろしく。

三月十三日　　岩谷初美

岸井邦子様

前略

おとといは岩谷さんと図々《ずうずう》しく押しかけてごめんなさいね。

でも赤ちゃん、すごく可愛かったわ。目のあたりがあなたにそっくりね。今度はあんなことじゃなく、ゆっくりと遊びに行かせてもらいます。

あのテープ、その夜さっそく岩谷さんちで見ました。あの人、結構しゃれたマンションに住んでるのよ。なんでもご主人は、広告プロダクションに勤めてるんですって。岩谷さんってもともと、おしゃれで、田舎の子にしちゃあかぬけたところがあったから、そういう人と結婚してもうまくやってけるみたい。時々、歌手の白川《しらかわ》淳《じゅん》が麻雀《マージャン》しに来るって自慢してたわ。なんでもご主人が担当して、白川淳のCMをつくってるんですって。

うちみたいな平凡なサラリーマンの家から見ると、ハデーッていう感じよ。

それはそうと、例のビデオの件ね。私ははっきり言ってよくわからないの。ダビングを何度もしてるから、ぼやけてるし……。

私、あの人と最後に会ったのは三年前なの。その時、あの人は耳までのショートカットをしてたんだけど、ビデオの女の人は髪の毛が長いでしょう。イメージがいまひとつ重ならないのよ。

岩谷さんは絶対に尾高さんだっていうのよ。こうなったら徹底的に調べてみようって言い出すの。

「私たちの同級生にこんな人がいるなんて大事件よ。違ってたら違ってたでいいし、もしそうだったら私たちで助け出さなくっちゃ」

なんて言ってるの。

でもあのビデオ、すごくショックだったわ。同性として見てられないところがあるわね。どういう女の人が、あんなものに出るのかしら。岩谷さんの言うとおりお金なのかな。それだったら悲しいことよね。

なんて手紙を書いてたら、まみが泣き出しました。おむつを替えて、やっと一段落。でも子育てって本当に大変よね。幸い、うちは、すごく元気な姑《しゅうとめ》がいて、私が留守をしたりすると大喜び。その分孫をいじれるからじゃないかしら。

まあ、こっちの方のグチも近いうちに聞いてもらいます。じゃーね。もう子持ちの母だから、乱筆乱文許してね。

三月十八日

倉沢洋子

岸井邦子様

前略

このあいだはサンキュー。

私が突然倉沢洋子なんかを連れてったから、びっくりしたんじゃない。あのコ、あいかわらず、もっさりしてたわね。

それはそうと、うちのダンナがビデオの女に興味を持ち出したの。

「本当に同級生かどうか知りたいの」

って言ったら、まかせとけっていって友だちのところへ持ってったらしいの。その人、うちにも一回遊びに来たけど、男性雑誌のフリーライターをしてるの。ビデオのマニアらしいわ。

その人が言うには、このビデオはタイトルの書き方から見て、「Kグループ」が作ったものに違いないって。Kグループっていうのはね、関東あたりにビデオを流してる会社なんですって。

「こいつらは、警察の手がのびてこないように、しょっちゅう居場所を変えるけど、グループの代表がわりとマスコミに出たがりなんだ。すぐに連絡がつくと思うよ」

って請《う》け合ってくれたの。

そこで女の名前を聞けば、尾高さんかどうかすぐにわかるわね。

なんだか私、ぞくぞくしてきちゃったわ。

それはそうと、私、このことを渡辺君に知らせた方がいいと思うの。ほら、あのことがなければ、あの人と尾高さんってずっと恋人同士でいた仲じゃない。過去をふっきるためにも、現在の尾高さんの姿を、ちゃんと彼に見せた方がいいと思うのよね。

それにしても、裏ビデオって本当にイヤらしいわね。うちのダンナは大喜びで、何度も見るのよ。私思わず叱《しか》ってしまいました。

じゃ、また。四月一日、本当に楽しみよね。

三月十九日　　　　　　　　岩谷初美

岸井邦子様

拝啓

南の方ではそろそろ、桜のたよりが聞かれる今日この頃、いかがおすごしでしょうか。

このたびは、男のお子さんの誕生、本当におめでとうございます。昔の同級生がお母さんになったなどというニュースを聞くと、なんだか照れてしまいますね。

僕は信州《しんしゅう》大学の教育学部を出た後、横浜の中学で体育教師をしています。短距離選手としてオリンピックに出るという夢は、ついに果たすことはできませんでしたが、子どもたちに囲まれ、まあ、これはこれでよかったかなと思ったりしている今日この頃です。

ところで、突然こんな手紙を出すのは他でもありません。

ついこのあいだ、小野《おの》初美さん、いや結婚して岩谷初美さんでしたね。彼女から電話がかかってきて、例のことを聞いたのです。

僕はどうしても信じられません。

こんなこと今だから言えるのですが、高校時代、僕は本当に尾高さんのことが好きでした。あんなことがなかったら、もしかしたら結婚していたかもしれない。そう思う時もあります。

あの時も、そして今も、いろんな噂を聞きますが、僕はどうしても、尾高さんがあなたたちが考えているような女性とは思えないのです。

少なくとも僕の前では素直でおとなしく、むしろ平凡といってもいいような女の子でした。

高校時代の淡い初恋だと思っていても、時々彼女のことを思い出して、ハッと胸を衝《つ》かれることもあります。

そんな時に、岩谷さんからの電話があったのです。僕は本当に信じられません。ビデオを見せて欲しいと言ったのですが、岩谷さんはあなたのものだから、あなたの許可がないと見せられないと言うのです。
ハガキを同封しました。ＯＫとだけ書いて、ポストにほうり込んでください。
忙しいところ申しわけありませんが、よろしくお願いします。
三月二十四日　　　　　　　　　　　渡辺浩二《こうじ》
岸井邦子様

前略
ハーイ、すっかり春ですね。

例のビデオの女の名前、わかりました。なんでもユミって呼ばれてるんですって。裕美はヒロミって読むけど、ユミとも読めるわね。間違いないわ。絶対に尾高さんよ。私、びっくりしちゃったわ。

今日、渡辺君に会ってテープ渡したのね。彼、あいかわらずカッコよかった。真《ま》面目《じめ》すぎるのがちょっとナンだけど、足も長いしスポーツできたえられてるって感じよね。

私、彼に言ったの。

「尾高さんがもし泥沼にはまり込んでいるんなら、助け出せるのはあなただけよ」

彼、うん、うんって頷いてたわ。尾高さんとずっと連絡がつかなかったんですって。

私たちのお節介から、同級生が一人助かるんだったら、すごくいいことしたわよね。それにもしマスコミに彼女が出たりして、篠崎高校出身なんて言われたら恥ずかしいものね。

四月一日、もうじきね。帰りは心配しないでね。ダンナに迎えに来させて、あなたんちまで送ってくわ。彼、最近ゴルフの新車を買ったばかりだから自慢なの。気にしないで乗ってやって。じゃ、四月一日、新宿でお会いしましょう。

三月二十七日　　　　　　　　　　　　　　　　岩谷初美

岸井邦子様

拝啓
せっかくの桜が雨に散ってしまいました。
今日の同窓会は大変だったようですね。なんでも渡辺君が、あなたの髪をつかんでひきずりまわしたりしたんですって。

あなたが皆に提案して、私を救い出そうとか、行方《ゆくえ》をつきとめようとか言い出したそうですね。

いかにもあなたらしいと、私は笑ってしまいました。

私のことならご心配しないでください。私はそうしたビデオに出演するほどの度胸も器量も持ち合わせていません。今のところ、しがないホステスをやっています。名前は言えませんが、今日の同窓会に出席していた一人が客として何度かやってきています。もちろん、上役のお付きとしてね。

心配して様子を見に来ようとしても後悔するだけですよ。うちの店の勘定は高いんで有名なんです。

それほど私のことが気にかかるんだったら、そっとしておいてくれればいいのに、それがあなたたちには出来ないのね。

昔もそうだったわ。あなたたちは私の制服が校則違反だと言い出した。プリーツの長さもひだの数もあなたたちと同じだってことがわかるまで時間がかかりましたね。

次に私がお化粧してるって言い始めたわ。肌が綺麗すぎる、いいにおいがするってね。

そのくらいまでは我慢できたわ。だけどあなたたちは私が十八金のダイヤ付きチェーンをしてるって騒ぎ出した。

体育の着替えの時、目をそらさないでよく見てくれればよかったのに。あれが十八金なんてとんでもない。先っぽにスヌーピーがついてる安ものだったわ。

高校生に十八金のチェーンが買えるはずがない、きっとオジサンと寝てお金をもらっているに違いないっていう発想は、あまりにも単純で今では笑ってしまえるけど、あの時は本当に腹が立ちました。

郊外のモーテルで私を見かけた。街のレストランで私が中年の男と一緒にいるのを見たって、ひと頃は寄るとさわるとその話ばっかりでしたものね。

噂がひとり立ちして、やがて事実として歩き出すのを、十八歳の私は唇を嚙みしめて見ていました。私は本当にふつうの女の子だったんです。

その時はまだ知らなかった。世の中には、女が絶対に許さないタイプの女がいて、自分がその一人だっていうことに気づかなかったのです。どうしてこれほど男の人を魅きつけるのか、同性には全くわからない。だから女たちから嫌われるタイプ。

私はふつうの女の子なのに、いつもすべてを曲解され、女の子たちは遠ざかっていく。いいえ、あなただけを責めてはいません。あれから何度もそんな目に遭《あ》いました。ホステスというのは、私の苦肉の策でしたが、私にとても合っているようです。

こういう高級な店は、私みたいな女がうようよいます。男の人を相手にする世界で、やっと息をふき返しているみたいな女ばかり。

私がもっと強かったら、売春なんていう噂に負けて渡辺君と別れることもなかったし、保母になりたいという夢も捨てなかったと思う時があります。

あなたたちは私のことを本当に憎んでいた。自分では気づかなかったかもしれないけれど、ニキビの頬の下で、鼻がまがりそうなほどホコリくさい制服の下で、あなたたちは本当に私を憎んでいた。

あなたたちはみんな早く結婚したんですって。よくわかります。あなたたちの憎しみのエネルギーっていうのは、きっと方向を変えて結婚の方に向けられると思っていた私の勘はあたりました。

今日は四月一日、十年前に私たちは同じ学校に入学したと聞きました。考えてみれば、なんと残酷なことだったんでしょうね。

あなたたちにとっても、私にとっても。

それが今日よくわかりました。

エープリル・フールの日に　尾高裕美

岩谷初美様

# 5月

## ゴールデン・ウィーク

May

道の両脇《りょうわき》の樹々《きぎ》は、まだ夏のような獰猛《どうもう》さを持っていない。できたてのやわらかい緑だ。その緑が顔にうつって、邦男《くにお》はほんの少し青ざめて見える。

「バスに酔っぱらったんじゃないの」

久美《くみ》は顔をのぞき込みながら、ぎゅっと彼の手を握った。

だいじょうぶだよと微笑《ほほえ》みかえす邦男のことを本当に好きだと思う。笑うと目じりが下がるのが、誠実な人柄をあらわしているような気がする。照れ屋で、言葉をひとつひとつ選ぶ。若いくせにしっかりしていると、久美の母親にも評判がいい。

それよりももっと好きなのは、邦男が自分のことをとても大切にしてくれているという事実だ。小さな会社のサラリーマンの給料の中から、なにかしら気のきいたプレゼントを買ってくれたり、街のレストランに連れていってくれたりする。今度のグアム旅行も、旅費は邦男が出してくれたのだ。

「円高はありがたいよな、五日間のグアム旅行が七万円でできるんだってさ」

邦男がそんなことを言い出したのは、今年のまだ寒い頃だ。

「久美と一緒に行きたいなあ」

ちょっと甘えたようにつけ足した。

「ダメよ。そんなことできるはずないでしょ」

二人は東京から急行で二時間ほどの小さな町に住んでいる。病院の事務をしている久美も、邦男も自宅から通っているのだ。町はずれのモーテルに、邦男の車で行くようになって、もう一年以上たとうとしているが、旅行となると話は別だ。

「だからさ、久美は女友だちと行ったことにすればいいじゃないか」

「そんなことできない。おととし、私がヨーロッパに行った時なんか、うち中が大騒ぎだったんだもん。おとうさんなんか、旅行の写真をたんねんに見てさあ、ああだ、こうだって珍しがってたのよ。女友だちと行かなかったなんてすぐにバレちゃうわ」

「それをうまくするんだよ。カメラを海の中に落としたとか、いくらでも言いわけはたつじゃないか」

邦男は思いもよらないような執拗《しつよう》さで、久美に迫ってきた。

「グアムは海も綺麗だし、すごくいいんだってさ。このツアー、安いわりにはいいホテルだよ。プライベートビーチにすぐ出られるコテージ式なんだ。すぐ庭が海なんて、最高だと思わないかい」

「邦ちゃんは、グアムとかハワイ、行ったことあるんだっけ」

「ないよ。三年前に、お得意さんを招待して香港《ホンコン》へ行ったのが、唯一の海外旅行。だからオレ、久美と一緒にグアムへ行きたいんだよ。好きな女と南の島ですごすっていうのが、オレの夢だったんだよ」

そう言われると心が騒ぐ。そのうちに思いがけないことが持ち上がった。姉の玲子の夫がゴールデン・ウィークに、久美の両親を北海道に招待したいと言い出したのだ。

彼は昨年の春に、肝臓をこじらせて大病をした。あの時は大変だった。玲子が病院につきっきりになったため、母親は幼い孫のめんどうをみなくてはならなかったのだ。父親の方は、職場の人間を集めて、手術用の輸血に協力したりもした。

「僕はおとうさんとおかあさんに、一生かかっても返しきれない恩をもらいました」

と義兄が涙を流しながら、両親に両手をついているのを久美は見たことがある。その時は芝居じみた光景だと、思わず目をそむけてしまったのだが、今度の旅行は大歓迎だ。

すっかり元気になった義兄は、レンタカーを借りて北海道を半周したいといっているらしい。

計画をうちあけられてから、両親は、みっともないほどはしゃいでいる。かわいい初孫も一緒の旅なのだ。

「五月っていっても、北海道は寒いらしいねえ。やっぱりセーターを持っていった方がいいかねえ」

などと早々と準備を始めた母親に、久美はそっと言ってみた。

「私も、連休はグアムにでも行ってみようかな」

「ああ、そうおしよ。若い娘ひとりに留守番させるの、実は心配だったのよ。どこかに出かけてくれた方が大助かり」

口うるさい母親が、いつ、誰と行くのかということさえ聞かない。久美はその時、邦男との冒険を決心したのだった。

リムジンバスは、空港に近づいていく。

飛行機のとび立つ音が、ちょうど雷《かみなり》のように、雲の切れめから聞こえる。

久美は、邦男の顔色がすぐれないのは、強い緊張感のためだということがわかった。無理もない。結婚前の男女が、こうして海外旅行に飛び立とうとしているのだ。大胆なことを口にして、邦男は旅に誘ったのだが、いざとなるとさまざまな困惑《こんわく》が生まれてきたに違いない。

「だいじょうぶよ」

久美はささやいた。

「バレた時はバレた時のこと。今さらくよくよしても仕方ないよ。ね」

しかし、邦男の心はもっと別のところにあるらしい。

「オレ、あの成田《なりた》空港見るとダメなんだア。前の香港行く時もそうだったな。あんまり大きくてキラキラしてるだろ。やたらおじけづいちゃうんだよなあ」

「やあね。バッカみたい」

久美は笑って、邦男の肩を軽くぶった。大きな背中をしているくせに、まるで子どものようなことを言う。

「あのね。入口のところでビビッてたら、これから先が思いやられるわ。邦ちゃん、しっかりしてちょうだいね」

集合時間きっかりに、ツアー会社の男が航空会社カウンター前に姿をあらわした。

「よろしいですか。このツアーは添乗員がつきません。そのかわり、空港には現地のスタッフがお迎えに出ていますから安心してください。それでは、今からバッジをおわたししますから、忘れずに胸につけてくださいね」

グッピー・ツアーと小さな文字が描かれたバッジを、久美はシャツの衿につけた。邦男のも直してやる。トレーナーの上で、彼のそれは少し曲がっていた。

「それじゃ、みなさん、いい旅を」

旅行会社の男は、大げさなほど手を振る。

「安いツアーは、やっぱり添乗員がつかないんだなあ」

出国カウンターの前で、邦男は不安そうなため息をついた。

「いいじゃない。どうせ向こうはフリータイムなんだもの。グアムなんて泳ぐだけのとこよ。添乗員なんて必要ないわよ」

「そりゃあ、そうかもしれないけど……」

突然、邦男の目が輝いた。カウンターを出てすぐの右側の通路に、免税品店がある。

「ウィスキーが安いよ。ジョニ黒かなんか買っていこうかなあ」

その声は無邪気といってもいいほど大きく、久美は赤くなった。連休の空港はどこも人でごったがえしている。

「邦ちゃん、お酒なんて帰りでいいじゃない。向こうも安いしさ、重たい思いをして持っていくことないわよ」

「そうかなあ」

いかにも残念そうに、そこから離れた。

邦男はそう酒好きというわけではない。しかし、舶来の酒が安く飲めるという思いが、彼を少し意地汚くさせているのは事実だった。

「邦ちゃん、水割り、もう三杯めよ。酔っぱらわない？」

「平気さ。ドルっておもちゃっぽくてさ、なんだか使ったような気がしないよ」

邦男は得意そうに、黒革のサイフを開いた。

二十ドル紙幣がどっさりと入っている。青い目のスチュワーデスが、そんな邦男をちらっと眺めて通りすぎた。それはあきらかに侮蔑《ぶべつ》のまなざしだ。

飛行機に乗った時から、二人は外国人スチュワーデスの意地の悪さにへきえきしている。アメリカのエアラインだから、日本人スチュワーデスはあまり乗っていない。その日本人でさえ、濃いリキッド式のアイライナーをひき、ほとんど国籍不明のありさまなのだ。

「コオヒイー、オワ、ティー」

ワゴンが近づいてきた。邦男が軽く舌うちする。さっきまで水割りを頼んでいた日本人スチュワーデスではない。赤に近い金髪を、だらしなくアップに結いあげた、大柄な女がサービスをしている。さっき毛布を持ってきてくれるよう頼もうとしても、忙し気にしてさっさと通りすぎていった女だ。彼女はめんどうくさそうに尋ねる。

「コオヒイー、オワ、ティー」

邦男が深く息を呑《の》み込んだのがわかった。

「こーひー、ぷりーず」

邦男はきちょうめんに、ひとことずつ発音した。女は鼻で軽く笑い、ポットからコーヒーをそそぐ。

「よかったあ、通じたァ」

邦男はほっとしたように久美に笑いかけた。その時、久美は笑いかえそうとして、どうしてもそれができなかった。


「久美! はい、笑って、チーズ」

先輩から借りてきたというカメラは、新品の一眼レフだ。それを使って、邦男は久美をいろんな角度から撮《と》る。

「今度はヤシの木の下で撮ろうよ。ね」

黒いハイレッグの水着が自慢だったし、写真を撮られるのは決して嫌いではない。けれども久美は、さっきから邦男のせわしなさがとても気になる。

裸の胸にカメラをぶらさげたまま、邦男は久美のまわりをとびまわっているのだ。

プライベートビーチには、いくつかのチェアが置かれ、そこでは昼寝をしたり、本を読んだりしている観光客が多い。そうした連中に比べ、邦男は落ち着きがない。写真を撮りまくっているありさまは、本当に田舎じみていると久美は思う。どうして、じっとして休息を楽しむことができないのだろうか。

「邦ちゃん、もうカメラはそのくらいにして、肌でも焼こうよ」

「うん、わかった」

邦男はおとなしく、チェアに横になる。

「オレ、当分久美ちゃんちに遊びに行けないなあ」

「どうして」

「だって、オレが真っ黒になって久美のうちに行ったら、一緒にグアムに行ったのがすぐにバレちゃうじゃないか」

「アハハ。本当にそうね」

こんな時の邦男は愉快で明るい青年だ。昔からそうだった。二人は高校が同じなのだ。邦男は一年先輩だった。入学してすぐの頃、手紙をもらったことがあるが、その時はすぐに破り捨ててしまった。野球部で捕手をしていた邦男は、いかにも乱暴そうに見えたからだ。

それが短大を卒業した夜、ばったり街のスナックで会った。

「ママ、この人だよ」

邦男は酔いの混じった声でカウンターの女に向かって叫んだ。

「オレがふられた初恋の人」

「よく言うわよ」

久美は無視しようとしたが、いやな気分はしなかった。二流だが東京の私立に通う邦男は、もうとっくに野球をやめていて、髪を伸ばし始めていた。丸い目に大きな鼻という、いかにも農家の二男坊といった風貌《ふうぼう》の邦男は、ほんの少し、都会のにおいを身につけていて、それはとてもうまく素朴さと混ざり合っていた。四年前の話だ。

「ねえ、夕食どうしようか」

髪をタオルでふきながら、久美はバスルームのドアを閉めた。

南の国はなかなか夜が来ない。そのかわり、薄紺《うすこん》の闇《やみ》が、いつまでも部屋の中にこびりついている。その闇の中で、邦男は久美をベッドにおさえつける。

昼の、さんさんと太陽がふりそそぐ下では、いくつかの欠点が見える邦男だが、闇の中では誰も知らないさまざまな美点を持っている。さっきまで、スポーツできたえた褐色の腕が、久美をぎしぎしと抱きしめていたばかりなのだ。

「ねえ、お夕飯はどこにするの」

久美の声は、ぐっと甘くなっている。

「どこか素敵なレストランに行きましょうよ。私、ガイドブックでいろいろ調べておいたの」

「タクシーで行かなきゃならないんだろ」

「そうよ。だけどフロントで頼めばすぐに来てくれるって」

「めんどうくさいよ。フロントの男と話をするぐらい疲れることないよ」

邦男はホテルに着いたとたん、鍵《かぎ》のことですでに失敗しているのだ。

「あ、いけね。鍵を部屋の中に置いてきたァー」

邦男が叫ぶのと、オートロックのドアがばたんと閉まったのは、ほとんど同時だった。

水着姿の二人は、顔を見合わせた。

「どうする」

「久美さ、なんか言ってくれよ」

「いやよ。私だって英語が喋れないもん。邦ちゃん言いなさいよ」

「困るよ。そんなあ」

邦男はしぶしぶとフロントの前に立った。

「あい、みすてーく。そのオ……キイ・イン・マイ・ルーム……」

青いブレザーに身をつつんだ男は、わかったというふうに邦男をおしとどめ、近くにいたボーイを呼んだ。早口の英語でまくしたてる。ボーイは鍵の束を渡され、ついてこいというふうに二人に合図した。

「よかったな。英語なんか喋らなくてもちゃんと通じるじゃんか」

邦男は上機嫌だ。けれど久美は、胸の奥になにかがつかえているような感触を消すことができなかった。


「ねえ、邦ちゃん。本当に他に服を持ってこなかったの」

トロピカル風にあしらったレストランの入口で、久美は思わずとがめるような口調になった。邦男はポロシャツにコットンパンツだ。自分は袖がオーガンジーになっているワンピースなのにひきかえ、邦男はそれは成田を出発した時と同じ服装だった。これ以外は、Tシャツやショートパンツしかないということを知りながら、久美はもう一度問いただささずにはいられない。

「だってさ、グアムに泳ぎに来てんだぜ。そんな気取ったもの持ってくるかよ」

「だけどさ、二年前パリの帰りにニースに行った時はさ、私びっくりしちゃった。避暑地なのにさ、夜レストランとかお酒飲むとこ、みんなタキシードなんだよ。女の人たちはカクテルドレス」

「あそこは、世界中の金持ちが集まるとこだろ、日本の貧乏人のオレと比べるなよな」

「だけど、やっぱり外国人ってすごいと思った。昼間、裸みたいな格好で肌焼いても、夜はちゃんとドレスアップしてるんだもの。楽しみ方を知ってると思った」

　ここでやっと黒服の男が二人に気づいてくれた。

「ツウー？」

　人さし指と中指をぐうっとつき出す。

「イエース」

　即座に答える邦男がまたまたうとましくなった。黒服の男は、最初から二人が英語を喋らないものと決めてかかっている。そうでなかったら、どうしてこれほど屈辱的なまでに易《やさ》しい英語を使うのだろう。

「なんだよ、久美、ぶすっとしちゃって」

「してないったら」

「ちぇ、気取っちゃってさ。女っていいよな。男なんて会社入ったら、海外旅行なんかなかなか行けないじゃないか。忙しくってさ。うちの会社でもそうだよ。同期で入っても、夏にはヨーロッパやハワイに行ってくる。ああいうのって信じられないよな。そしてさ、向こうで聞き齧《かじ》ったようなことを得意そうに言ってさ。日本の男がどうのこうのって言うんだよな」

「私、言ってないじゃない。なんにも」

「言ってるじゃないか。グアムに来てから、オレのことといちいち文句つけてる」

「やめましょう。店の人が来るわよ」

さっきの黒服の男が、大きなメニューを持ってやってきた。

邦男は困惑の極《きわ》みといったような表情をうかべたが、けなげにもメニューをとりあげた。

「辞書でも持ってくりゃよかったな。畜生」

ついには乱暴にメニューを指さす。

「これと、これと、これをくれや」

黒服の男は、なにか言いかけたが、あきらめたように遠ざかっていった。

久美は、さっきまでの、ベッドの中の邦男を思い出そうと必死になった。

あと四日間、こうしたみじめさと共にいなければならないのだ。

そう思ったとたん、邦男を憎んでいた。

この南の島を出れば、元の気持ちになれるだろうか。それともこれは気の迷いでなく、邦男の本来の姿なのだろうか。

黒人の女が、ピアノの前に立って、けだるい歌を歌い始めた。時々「ラブ」という単語が入るところを見ると、どうもこれは恋の歌らしい。

外国の恋人たちは幸せだと久美はふと思った。国は広く、相手に幻滅する場所はほとんどない。

けれども、日本の恋人たちは、英語を話す場所に足を踏み込んだだけで、たくさんの危険をはらんでいるのだ。

銀色のナイフとフォークが、二本ずつテーブルの上に置かれた。

邦男がどうかそれを、うまく使いこなしてくれるようにと、久美は祈るような気持ちで見た。

彼は不機嫌そうで、なかなかそれをとりあげようとしない。

# 6 月

## 常連客

June

私は時々考えることがある。

もし「ラッキー」を知らなかったら、どんなにつまんない人生だったろうかって。本当に毎日死にたくなっちゃっただろうって。

東京に出てくる前って、誰《だれ》でもそうだろうと思うけど、いろんなことを考えるわけ。たとえば私なんか、そう美人っていうわけでもないけれど、男の子からはよく可愛いなんていわれたりもした。田舎の短大に通ってた頃は、地元じゃちょっと有名人だったもの。あそこらじゃ一応エリートということになっている国立大の男の子たちから、交際を求められたりしたことだってよくある。

もちろん、人には言ったりしないけれど、たとえば青山《あおやま》や原宿《はらじゆく》を歩いていて、どこかのプロダクションにスカウトされるとか、ものすごいお金持ちと知り合って結婚するとか、いろんなことを夢みてたわけ。そんな幸運は起こらないにしても、東京に行けば何かがある。私はそう信じてたと思う。

東京で就職したいといったら親は当然反対した。あちらとしては、短大を卒業したら、二、三年は地元の銀行にでも勤めて、そしていい人と結婚してほしかったんだろう。

「東京なんて、週末遊びに行けばいいじゃないか」

なんていう、へんな妥協案を言ったりした。でも二時間かけて、常磐線《じょうばんせん》に乗っていく東京と、実際に住んでみる東京とじゃ、まるっきり違うはずだと思う。

まあ、なんとか親は説得したものの、就職先を見つけるのが大変だった。うちみたいな学校に、東京からの求人はほとんどない。それでも親戚のコネで、なんとか丸《まる》の内《うち》にあるアルミニウム関係の会社に入り込めたのだ。

ここまではよかったんだけれど、半年もたつうちに私は夢と現実とのギャップに悩むことになる。

丸の内にある会社っていうことに魅《ひ》かれて入社したのに、はずれもはずれ、神田《かんだ》に近い古い雑居ビルだ。おまけにアルミニウムも、例にもれず円高不況で、意気があがらないことといったら見ていて気の毒なくらい。ずっと見渡しても、若い男性社員なんか数えるぐらいしかいないのだ。景気のいい頃、若い男だった人たちは、みんなおじさんになっちゃって、ごぼごぼ胃薬を飲んだり、パターの練習をしたりしている。

私がまわされた販売部は、女性が五人いたのだが、おばさんばっかりだ。だから私は、隣の営業の女の子と、すぐさま仲よくなって、お弁当の仲間に入れてもらった。資料室の鍵を昼休みだけ借りて、そしてテーブルの上にお弁当をひろげる。なんだかみじめな話だが、これだけが私の楽しみになった。

「葉子《ようこ》ちゃん、今日は煮物つくってきたから食べて」

「わ、新じゃがじゃないの」

お菜を余分につくって、お弁当仲間に分ける習慣は、私が入る前からできあがっていたらしい。言ってはナンだが、全く短大時代と同じノリだ。

「あ、私の玉子焼、みんなにまわった？」

「ね、こっちのゴボウのささがき、わりといけるでしょ」

紺色の制服を着ながらお弁当をぱくつく。結構みんなそんなふうな青春に満足してるみたいで、私はびっくりしてしまった。

たまには六本木に、同僚たちと行くこともあったが、たいていは地味なスナックや居酒屋だ。そして誰かが必ず酔っぱらう。

「さあー、カラオケだ、カラオケだー」

などと、路上で大声をあげるので、私はとても恥ずかしくなってしまうことがあった。

　私は、会社の人とは関係ない場所で、私の遊び場や友だちをつくりたかったのだけれど、そううまくいくものではない。地方出身の私には、そういう水先案内人《みずさきあんないにん》がいなかったんだもの。


　こんなふうに時間はすぎていって、東京に出て最初の冬のことだ。私たちは、会社の仲間五人でスキーに行くことになった。その時、

「私の従姉《いとこ》もつれていっていい？」

と知美《ともみ》が言い出したのだ。

「美人だろうな」

という男の子の質問に、もちろん、と知美は答える。

「だって、時々はテレビに出たりしてるもの」

えー、じゃ、タレントなのかよ、と、みんなは騒ぎ出した。

「そんなんじゃないのよ。アナウンサーの専門学校を出てね、フリーのナレーターだか、レポーターになったのよ。このあいだは、『奥さま、お元気ですか』の中で、生コマーシャルをやってたわ。ほら、〝電話番号をお控えください〟っていうあれよ」

しかし、スキー場にやってきた神奈子《かなこ》は、十分芸能人をしていたっけ。

「あんまり、肌を焼きたくないわ。テレビの映りが悪くなるのよ」

「リハーサルが終わってすぐに、こっちのほうへ来たのよ」

などと言い、みなをへきえきさせた。だけど、私だけが彼女と仲よくなった。そんなに嫌な女じゃないわ、って私は思った。だってもし私が、神奈子みたいにテレビに出たりしていたら、やはりこんなふうにエバったりするはずだもの。それに神奈子の話は、聞いていてやっぱりおもしろかった。

「歌手の遠藤美香《えんどうみか》っているでしょ。あのコね、相当のくわせ者よ。このあいだゲストに出た時さ、夕べの男はどうのこうのって、大きな声でマネージャーに言ってるのよ。まだたった十七歳なのにね」

「そうなの」

「テレビの仕事って、いろいろ大変なこともあるわ。私みたいな下っ端《したっぱ》でもさ、プロデューサーとかに誘われることがあるもの。私もあれを拒否してなきゃ、今頃、スターになってたかもしれないけど」

「へえー、本当」

私があんまり話を一生懸命聞くもんだから、神奈子は、ある有名女性タレントが、子どもを三回も堕《お》ろしたなどということまで話してくれた。私が思うに、彼女というのは、すごくぶっているから誤解されやすいが、とても気のいい人間なのだ。スキー・ロッジで、神奈子はこんなふうに言った。

「ねぇ、今度一緒に飲みに行こうよ」

それはちょっとした挨拶《あいさつ》のようなものだと思っていたのだが、十日もしたら本当に電話がかかってきた。私は神奈子に、会社の名刺を渡しておいたのだ。

「ねぇ、ねぇ、今夜あいてる?」

いきなり聞く。あいてるわというと、西麻布《にしあざぶ》の「アマンド」を指定してきた。

「アマンドぐらい、知ってるわ」

「〝黒アマンド〟のほうよ。交差点を背にして、右側のほう。黒いビルの中に入ってる店。あっちのほうが、コーヒーがおいしいんだ」

電話を切った後、私はちょっと悩んだ。

いつもと同じ水曜だと思ったから、かなり手を抜いた格好で会社に来ていたのだ。白いプリーツスカートに、水色のセーターという取り合わせは、あんまり好きではなかったが、上にスプリング・コートをはおれば何もみえやしないと思って会社に来た。

だけど、今夜は一応、芸能界にいる女とお酒を飲みに行くのだ。悩み抜いた揚句《あげく》、私は昼休みに銀座に出て、ブラウスの新しいやつを買った。ヨシエイナバので、三万二千円もした。だけど黒に黄色の細いストライプがとても綺麗だ。来月カードがおちるまでには、何とかなるだろう。

そのブラウスを着た私は、そう悪くはなかったと思う。待ち合わせの場所に来た神奈子さえ、

「あなたって、去年茨城《いばらき》から来たとは思えないね」

と誉《ほ》めてくれたぐらいだ。

「それじゃ、行こう」

神奈子は、アマンドの先の横道をひょいと左に折れた。そのつきあたりの路地に、「ラッキー」と書かれた看板が見えた。ラッキーという名前のダサさと、そのスナックの平凡さに、私はかなりがっかりした。私は、もっと素敵なバーかなにかと想像していたのだ。

カラオケセットの置いてあるカウンターに、神奈子はどっかりと腰をおろした。

「お、神奈ちゃん、今夜は早いね」

バーテンダーが声をかけた。口ヒゲをはやしてはいるが、いかにも女性的な男だ。

「隆ちゃんは」

「もうじき来ると思うけど……」

バーテンダーは時計を見た。ちょうど七時半だった。

「途中でゴルフの打ちっぱなしに行かなきゃね」

「へえー、まだ凝ってるんだ」

「そうなんだ。朝から晩までゴルフ、ゴルフ。土、日はたいていグリーンに出てるよ」

私は二人の会話を、いささかの嫉《ねた》ましさで見たと思う。私にはまだこんなふうに話す店の男などというのはいなかった。

「こちら、木戸《きど》葉子ちゃん」

それでも神奈子は、私のことをちゃんと紹介した。

「よろしく」

「よろしく」

ぎこちなく頭を下げた時に、勢いよく入口のドアが開いた。入ってきたのは、背の高い眼鏡の男だ。

「隆ちゃんよ」

神奈子は、聞こえても構わないわ、といったふうにささやく。

「ここのオーナーだけど、昔はさ、グループサウンズでボーカルやってたのよ」

神奈子は、そのグループの名前を口にしたが、私は聞いたこともなかった。

「無理だよ。もう二十年も前の話だもの。それに、そんな人気のあるグループじゃなかったからね」

隆ちゃんと呼ばれたオーナーは、煙草に火をつける。客は私たち以外には、テーブルに三人の男性グループがいるだけだ。

「食事まだなんでしょう」

神奈子は尋《たず》ねる。

「まだよ」

実はまずおいしいものでも食べに行くのだろうと私は思っていたのだ。

「だったら、焼きうどんでも食べたら。ここは食事もできるのよ」

神奈子は手描きのメニューを手にとる。そこにはサインペンで「焼きうどん」「ピラフ」などと書かれていた。いかにも不味《まず》そうだった。

「いらない」

「あ、そう」

それで私たちはビールを飲み、ウィスキーを頼んだのだが、あまり楽しいとはいえなかった。スキー場とは違い、西麻布の飲む所となると、さすがに神奈子は、テレビがどうのこうのと言わなくなった。だけど別のことを、私にささやく。

「ここって、タレントとか歌手がすごく来るところなんだよ」

「ウソーッ」

棚には造花が飾られ、サインペンでメニューが書かれているこの店に、芸能人が来るとは思えない。

「本当だったら。隆ちゃんが芸能界の人たちにすごく好かれててさ。それにここって、会員制だから、へんな人は入ってこないし」

「えーっ、会員制ですって」

「そうよ、気づかなかった？　ドアのところに小さく、メンバーズ・オンリーって書いてあったじゃない」

神奈子が言うには、芸能人たちがやってくるのは、深夜、午前一時を過ぎた頃だという。

「その頃になるとさ、カラオケも始まってすごくにぎやかよ」

そして神奈子は、別のところをひとまわりして、もう一度ここに来ようと提案した。

私は、即座に賛成した。なぜならその時、お腹がぺこぺこだったのだ。

神奈子はその後、

「うちの番組のスタッフが常連なの」

という天ぷら屋に連れていってくれた。そこは割りカンでも、一人一万八千円もした。今日一日でかなりの出費だったが、私はやがて行なう冒険のために目をつぶることにする。

その後、二軒ハシゴしたディスコはかなりおもしろかった。汗と興奮を身につけたまま「ラッキー」を再び訪れたのは、午前一時を過ぎていた。

「おや、神奈ちゃん、ご精勤ね、日に二度も来てくれるなんて」

バーテンが神奈子に言った言葉に、笑い出しそうになった時だ。私の視線は釘《くぎ》づけになる。心臓が口からとび出しそうだ。

なぜって、歌手の桐原美里《きりはらみさと》と、女優の大里《おおさと》かれんが、隅《すみ》のソファに座って笑いころげている。二人ともテレビで見るより、ずっとほっそりしていて綺麗だった。マネージャーみたいな男の人たちが、何人か一緒にいるが、どこかで見た顔もいる。クイズ番組の司会をしている大原正人《おおはらまさと》だ。

「あーら、美里ちゃんたちが来てる」

神奈子はいかにも親しげに言ったけれど、そこの席に近づいていくわけでもない。どうやら、この店でよく顔を合わせるぐらいの仲らしい。私は平静を装って、ビールを飲み始めたが、胸の動悸がなかなかおさまらない。背中が目になるっていうのは、ああいうことをいうのではないかと思われるぐらい。後ろのありさまを全身で聞きとろうとしていた。

「じゃあ、次に私、いってみようかな」

どうやら桐原美里が立ちあがったらしい。

「隆ちゃん、『赤いスイートピー』お願い」

男たちが彼女をからかう。

「美里、どうせだったら自分の歌、歌え」

「こういうとこでも営業しろ」

「やーよ。タダで歌う時は、自分の歌なんか歌わないもーん」

やがて彼女の声が聞こえ始めてきたので、私たちは自然にそちらを向くことができた。こういう狭い店で、カラオケが始まれば、それをちゃんと見るのが礼儀よなどと、心の中でちょっと言いわけしたりした。

♫アイ・ウィル・フォロー・ユー、あなたについていきたい――♫

やっぱり本物の歌手だけあって、すごくうまい。手ぶりも聖子《せいこ》ちゃんそっくりにつける。

でも私は、彼女のヒット曲『マスカレード・カラー』も嫌いじゃない。あれは私の得意のカラオケなんだ。

「心に春が来た日は、赤いスイ〜トピ〜」

最後は愛らしく首をかしげて、美里の歌は終わった。私たちも一緒になって拍手する。

その後は、大原正人がトシちゃんの物真似で歌い始めた。本職のコメディアンだから、そのおもしろいこと。気がつくと、私がいちばん大きな声で笑っていたみたい。

「サンキュー」

外国人っぽく、大げさな身ぶりで頭を下げる。その時に、彼は私のほうをまっすぐに見た。

「次、いってみよう」

「ええ」

私はその時、かなりお酒を飲んでいたし、ディスコでさんざん踊っていたから、酔いが体中にまわっていたに違いない。それに、神奈子からほめられたブラウスのこともあった。だから、いつもなら考えられないような行動をとった。すたすたとカラオケの前に行き、正人からマイクを受け取ったのだ。

「『マスカレード・カラー』を歌います」

おお、という声がわき起こったが、そう感じの悪いものではなかった。

♫祭りが来るたびにィ、女たちは～、恋をまとって夜の町にィ出るう～♫

もちろん、そううまいわけじゃない。サビの部分では三回も間違えた。だけどそれがよかったみたい。私があまりうまく歌ったりしたら、美里は気分を悪くしたと思うのだが、キャッキャッと喜んではしゃいでいた。

「ご苦労さーん」

正人から水割りを受け取るためには、私は彼の横にすわらなければならなかった。神奈子もその席に呼ばれ、夢みたいな時間が始まった。スターとよばれる人たちと一緒に、はしゃぎまわってカラオケ大会。明日、誰に、まっ先に、このことを話そうかなと、私は考えたりした。

それから私は神奈子と非常に仲よくなった。彼女のことが好きなのか、嫌いなのか見定めることは極力避けた。私ひとりでは、あの「ラッキー」に行くことができない。

そのためにも彼女は必要だったし、だから私は彼女と親友ごっこを続けた。毎晩長電話をし、故郷の恋人のことを打ち明けたりした。彼は国立大の四年生で、来年就職したら、必ず結婚してくれと前から言われているとか、そんなことを話した。

私たちは週に二回ぐらい「ラッキー」に通うようになった。私が思うに、神奈子もこの店でそう優遇されているふうではなかった。彼女が親しげに呼ぶ「隆ちゃん」は、そうこちらの相手をしてくれるわけでもない。神奈子はカウンターに座って、いかにも屈託なさそうにいろいろ喋るのだが、生返事《なまへんじ》をされることが多い。つまり、彼女も私と同じく、この店に「片思い」をしているわけだ。

料金はボトルを入れて、一人七千円ぐらい。外見の汚いこんな店にしちゃ、かなり高いと思う。タクシー代もかかる。私は昨年の暮れのボーナスを、普通預金に少し入れておいたのを使っていた。

私たちは十一時頃出かけていって、二時ぐらいまでねばる。十二時すぎには、必ずといっていいぐらいおもしろいことが起こった。コメディアンがワンマンショーをやることもあったし、歌手の工藤由紀夫《くどうゆきお》が十曲たて続けに歌うこともある。私たちは拍手したり、またはそうでなかったりする。いずれにしても、そう無視されたりすることはなかった。

こんなことを言うのはナンだけれど、私は結構、客たちの間で人気が出はじめたのだ。

「あんたはいいわよ」

神奈子は言った。

「ＯＬってことですごく得してる。あんたのファッションとか髪型って、この店じゃすごく新鮮だもの」

「そうお」

私はびっくりする。私は神奈子のような流行のパンツ姿や、ざっくり切った髪に憧れていたんだもの。

「芸能界とかマスコミの男って、あんたみたいなふつうの女の子に、結構縁がないからねえ」

あきらかに神奈子は機嫌を悪くしているふうだった。それは「ラッキー」に行く時の態度にも表われている。

「ねえ、今週は金曜日に行けそうよ」

などと私が言おうものなら、「好きねえ！」と唇をゆがめることが多くなった。

ある夜のことだ。私は「ラッキー」で彼女と待ち合わせをしていた。その日は企業向けのビデオを録《と》る仕事があって、もしかしたら遅れるかもしれないと、神奈子は念を押したけれど、私は早めに店に着いた。

「おや、今夜はひとり？」

カウンターの中から、隆ちゃんが言った。今夜はまだ客が少ない。

「うん、十二時頃には来るっていってましたけど……」

私はできるだけ丁寧な口をきくようにしていた。そのほうが好感を持たれるのをよく知っていたからだ。神奈子のように、わざとぞんざいな、親しげな口のききようは、傍目《はため》で見ていてもあまり気分のいいものではなかった。

「今度一人で来なよ」

隆ちゃんは言った。

「え？」

「あの神奈子って、うちじゃあんまり評判よくないんだ。誰かテレビ局のやつらが連れてきてから、うちに入りびたるようになったんだけど、ああいう三流の芸能人って、もの欲しげで嫌でねえ」

私はカッと頭に血がのぼった。もの欲しげという言葉は、そのまま自分にあてはまるような気がしたからだ。

「今度からは、葉子ちゃんひとりでおいで。ひとりで来たら、僕が遊んであげる」

隆ちゃんは初めて見るような優しい目つきになった。

私の胸はざわざわと波立つ。もし私に友情とか義理というものがあれば、神奈子に気をつかってこの店に来なくなるのが筋道だろう。しかし嬉しさの感情は不意にわいてきて、それよりももっと強くなった。

そして結局、私は神奈子を棄《す》てたのだ。


会社の連中は、もちろん何も知らなかった。ただ私だけが変わった。紺色の制服を着てお弁当をぱくつく私が、実は昨夜、谷雅行《たにまさゆき》なんかと一緒に飲んで騒いでいたなんて、誰が信じるだろう。

私はいったん代々木《よよぎ》のアパートにもどり、銭湯に行ったり、軽くうたた寝をしたりする。

そして最終ぐらいの地下鉄で表参道《おもてさんどう》まで行き、歩いて西麻布の店に行く。帰りは誰かが送ってくれた。

テレビでよく見ている人たちが、いつしか私のことを「葉子ちゃん」と呼んでくれるようになった喜び！　私も「美里ちゃん」とか「雅ちゃん」と彼らのことを呼ぶ。

この「ラッキー」では、常連でありさえすれば、みなが平等なのだ。

私はこんな幸運をあたえてくれた隆ちゃんにとても感謝していた。

それは半月前の夜のことだ。せっかく行ったのに誰も来ず、結局、閉店までいてタクシーで帰ろうとした。

「僕が送ってくよ」

ジャケットを着た隆ちゃんは、いつもよりちょっと老けて見えた。路地に停《と》めてある車は、白いベンツだ。

「すごいわ。ベンツになんか乗るの、初めて」

「税金にとられるより、好きな車に乗ったほうがいいからね」

信号で止まった時、隆ちゃんは不意に私にキスをしてきた。

「ああ可愛いなあ……。君が最初に来た日から、ずっと好きなの知ってただろ。僕は客とは絶対にこんなことしないよ。だけど……」

そんなにくどくど言わなくてもいいのにと私は思った。車に乗った時から予感はあったし、覚悟だってできてたんだ。私を「ラッキー」の常連にしてくれた隆ちゃん、それだけで私はホテルに行ってもいいと思ったんだ。

隆ちゃんとのことは、今でも時々ある。彼は「今夜はどう？」というサインの時は、私にジンフィズを出してくれる。それがあると、私は閉店までいなくてはならないのだ。

そのかわり、といってはナンだが、彼は私の勘定をぐっと安くしてくれるようになった。二、三千円のお金しかとらない。後から聞いた話だが、彼は嫌な客からは法外な値段をとるということだ。たぶん、神奈子といた時は、安さと法外の中間ぐらいの料金だったんだろう。

この頃、「ラッキー」のドアを押すと、「いらっしゃい」ではなく、「遅いじゃない」という声がかかるようになった。そして大原正人も私と同じように、「お帰り」と言われるクチだ。

私はよく知らないんだけど、彼も昔はグループサウンズにいたらしい。今はコメディアン兼司会者だけど、昔は二枚目で売っていたそうだ。

二人で『銀座の恋の物語』を歌った日、彼はジャガーで私を送ってくれた。そして、当然のように赤坂《あかさか》のラブホテルに乗りつけた。

「ね、ね、いいだろう」

かなり強引だったが、どこかしらユーモラスなところがあった。それに私は正人に嫌われたくなかったのだ。初めて行った日に、親切にしてくれたのも彼だし、正人は

「ラッキー」の常連客代表というような立場にいる。

私が有名人と仲よくできるのも、彼が席によんでくれたり、親しくしてくれるせいだ。

「いいわ、でも黙っててね」

私は車から降りた。三日前、ちょうど雅行とも、こんなふうにしたなあなどと思いながら。

私は「ラッキー」の男客たちから、〝サセ子〟と呼ばれていることを全く知らなかった。

# 7月

## プールサイド

July

「あぶない」

と叫んだ時にはもう遅かった。白いフェアレディのテールランプがにぶい音をたて、学《まなぶ》はその場にしゃがみ込んだ。

私はもしかしたら、高い悲鳴をあげていたかもしれない。本屋から何人かがぱらぱらと飛び出してきた。

「やったァ」

誰かがため息をつく。

正門前の道は狭いうえに、学生相手の店がごたごたと並んでいた。ラーメン屋の看板や本屋のスタンドが、めいっぱい道路に張り出している。それなのに一方通行でないなんて信じられないような話だ。

前から来たタクシーを通そうとしたフェアレディは、突然後進を始め、立ち読みをしていた学の腰のあたりにあたったのだ。

「学、学、だいじょうぶ？」

肩に手をかける間もなく、学はふらふらと立ち上がった。顔色はひどく青ざめているが、たいしたケガではないらしい。車がのろのろとした動きだったのが幸いしたようだ。

「すいませーん、どうしましょう」

いつのまにか女が二人、傍に立っていた。私たちの大学の学生だ。しかも同じ法学部だ。中講堂とか、大講堂の講義でよく顔を見かける。

彼女たちは、そううろたえてはいなかった。学が自分で立ち上がったのを見たからだろう。私はそれが憎らしかった。

「どうして後ろをちゃんと確認しないの」

私が言うと、「そうだ、そうだ」と何人かの男子学生が同調する。退《ひ》けどきとあって、本屋のまわりにはいつのまにか人だかりがしはじめた。

それほどの事故ではなく、それに相手がちょっと目立つ女子学生なので、彼らはおもしろがっているようだ。

「だってえ……」

運転していた女は何か言いかけてやめた。ノースリーブのTシャツからのぞく腕は既にこんがり日焼けしている。きゃしゃな腕に細い金のブレスレットがいくつも光っていた。つまり私の大嫌いなタイプだ。この女がもっと制裁を加えられればいいと、私はとっさに思った。

「どうしよう、どうしよう」

女は拗《す》ねているようにも、甘えているようにも見えるからだの動かし方をした。それはたった今、車で他人をはねた人間がする動作ではなかった。

「だいじょうぶだよ」

学はふつうの声にもどっていた。

「どすんと来た時はびっくりしたけど、もう何ともない」

学のやさしさに、時々腹が立つ時がある。その時もそうだった。

「だいじょうぶなんて、自分じゃわからないでしょ」

私はきっとなって叫んだ。

「私、見てたんだから。この車、どすんってあなたをはねたのよ」

「そうだ、そうだ」

中年男の声というのは、こういう時に迫力がある。前進してきたタクシーの運転手が、車を止めてやってきたのだ。

「ネエちゃんたち、ちゃんとこの人を病院に連れていかなきゃ。まずやることはそれだろ」

「そうね」

女二人は頷いた。

「さ、車に乗って。赤坂に知ってる病院がありますから」

「いいですよ。いいですったら」

学はあわてて手を振った。

「このとおり何ともない。何かあったら連絡しますから」

「ダメダメ、そんなこと言っちゃ」

運転手は世話好きなのか、あるいは自分に多少責任があると思ってか、怒鳴るように言う。

「こういうことはね、後で何があるかわからないから、すぐに行かなきゃダメだよ」

「そうですよ。お願いします。私たちも安心できませんから」

女はもの慣れた様子でドアを開く。その時、私は学の頬がかすかに紅潮していることに気づいた。

こんなにたくさんの人間の晒《さら》し者になっているせいだろうか。それともこの女たちが、「あの人たち」のせいだろうか。

「病院、私も行くわ」

ちょうど助手席に腰をおろすところだった学は、「いいよ」と小声で言った。

「バイトあるんだろ」

「電話で断わるわよ。今からなら……」

私は反射的に腕時計を見、そして言いよどんだ。遅すぎる。欠勤する場合は少なくとも五時間前にと決められていたのだ。私は自分でも嫌になるほど、こういうところが真面目だった。私はとっさに、ひどく困った顔をしたらしい。

「だからいいよ」

もう一度学は言った。

「たいしたことなさそうだし」

「じゃ、後で連絡するわ」

私がドアを閉めたとたん、フェアレディはぶるんとうなり、そしてまた狭い道をのろのろと走っていった。

学が「あの人たち」の車に乗っているなんて、嘘みたいな話だけれどそれは本当だった。

附属《した》から来た連中のことを、私たちは「あの人たち」と呼んでいた。これは特に女子学生に対して使われる。

「あの人たち」はひと目でわかった。しゃれた洋服を身につけ、いつも仲間で連れだって歩いている。私たちのように、地方から大学に入ってきた者とは決して交わろうとはしない。

附属から来た学生が派手なのは、どこでも共通することだろうが、特にうちはひどかった。

なにしろ、うちの附属の幼稚園、小学校、中学、高校の入学金は、私立の中でも日本一高いのだ。ちっとやそっとの金持ちでは入れないぐらい高い。しかし金はあっても頭が悪い学生ばかりになっては大変と、大学だけは入学金も授業料も世間並みになっている。このおかげで地方の秀才たちが集まり、まあ一流としてのレベルは保たれているのだ。

私のように必死で勉強してうちに入ってきた者から見ると、「あの人たち」というのは信じられないところがあった。

まず何にも知らない。入学してすぐの頃だ。小講堂で「国際経済概論」のガイダンスがあった。

「ねえ、ちょっと、ちょっと」

私は肩を叩《たた》かれた。「あの人たち」だというのはすぐにわかった。新入生で銀色のマニキュアをし、軽くコロンをつけている女など他にいるはずがない。

「私、今日コンタクト忘れて見えないの。ね、黒板に書いてある、右から三番目のテキストの名前、なあに」

「え、何」

「あれよ、あれ、ソトタメホーって書いてある横……」

それが外為法《がいためほう》だとわかるのに、私は数分要した。

断わっておくが、私は決して「あの人たち」のことを嫉妬したりしているわけではない。「あの人たち」がどんなに綺麗なほっそりした手足を持ち、化粧がうまく、いろいろな雑誌に出ていたとしても、それほどうらやましいとは思わない。

同級生の中には、横山和美《よこやまかずみ》のように、ノートを貸してやったりおべんちゃらを並べたて、なんとかあちらのグループに近づこうとしているのも何人かいたが、私はそういうのを心の底から軽蔑《けいべつ》していた。

「あの人たち」を別の世界の人間だと、どうしてあっさり思うことができないのだろうか。

「あの人たち」は、なにか根本的なところで異人種という気がする。人生の目的や手段も私たちとはまるっきり違うのだ。

この〝私たち〟の中に、もちろん学は入っている。二年生になった時から私たちはつきあうようになった。福岡の高校を出た彼と、岩手から来た私は、言葉の訛りも食べ物の好みも異なっていたけれど、自分たちが似ている人間だというのはすぐにわかったような気がする。

どちらも地方の堅《かた》い家に育ち、高校までは勉強ばかりしていたのだ。

「生徒会役員に選ばれたことあるでしょ」

「ある、ある」

「親からは地元の国立に行けって言われてた」

「そう、そう」

知り合ったばかりの頃は、こんなふうに共通点を探し出しては笑ってばかりいた。学は一浪しているから、私より年上ということになる。いかにも九州男らしい太い眉を持ち、背もすらりと高い。一度、高校時代の親友に見せたら、

「ひぇー、カッコイイの見つけたじゃない」

とうらやましがられ、私はひどく得意だったのを覚えている。そのコに言わせると、私は高校時代に比べ、別人のようになっているそうだ。あたりまえだ。あの時私は、とにかく成績を上げることだけに集中していたのだから。赤い縁《ふち》の眼鏡をかけ、いつも本を手離さなかった。寝不足のために肌に赤いぼつぼつができていたが、私は平気だった。

なぜなら私は、こんな生活は仮の姿だと思っていたのだ。東京に行って大学生活をおくる。大学生活といっても、二流や三流の学校だったら意味がない。できるだけ一流の学校へ行く。その方がずっと楽しいはずだ。

そして私は思いどおりの大学に合格した。眼鏡はコンタクトに替え、母親にひととおり洋服を買ってもらった。そして学のような恋人も持てた。

幸福というほどご大層なものではないが、とにかく私は自分にひどく満足していた。こうした私の満足に水をさすのが、「あの人たち」だったといっていい。

「あの人たち」はとても時間があった。私が必死で受験勉強をしている間、東京でおしゃれをしたり、恋をしたり、ゴルフやテニスを習ったりする時間があった。だから私よりも多少魅力的だったとしても、それがどれほどのことだろう。あたり前すぎるほどあたり前のことではないか。

こう考えると私はやっと落ちつく。そしてもうこれ以上胸が騒がないように、「あの人たち」を気にしたり、見たりするのはやめようと決心するのだ。

学のアパートの管理人はとても感じが悪い。四十歳ぐらいのおばさんなのだが、私が入っていくのを見ようものなら、露骨に顔をしかめるのだ。

何回か朝帰っていくのを見つけられたせいかもしれない。その日の夕方も、私が管理人室の前を通りすぎると、おばさんはわざとらしく「あーあ」とため息をついた。学の部屋は電気がついていた。ノックすると、ランニングとトランクス姿の彼が顔を出した。

「寝てなくて大丈夫なの」

「平気、平気。レントゲンも撮《と》ったけど、何ともなかったよ」

私は持ってきた白桃を畳の上に置いた。

「スイカの方にしようかなって思ったけど、二人じゃ食べきれないわよね」

「ううん、オレ、桃の方がずっと好きなんだ」

その言葉が嘘でない証拠に、学はさっそくかぶりつく。

「バイト、間に合った？」

「うん、どうにかね」

私は近くの駅前の、ハンバーガーショップで働いていた。今日どうしても休めなかったのは、サラリー日だったことが大きいかもしれない。それで私は桃を買ってきたのだ。

「ねえ、『あの人たち』感じ悪かったでしょ」

「そんなことはない」

学はきっぱりと言った。

「ここまで送ってくれたし、診察中もずっと心配してついててくれた」

「ふうーん」

私はおもしろくない。

「ちゃんと治療費もらえそう？」

「そんなの……。こうしてピンピンしてるんだし、石川《いしかわ》さんは両親を連れて謝りに来るって言ったんだけど、僕はそんなことをする必要はないって言ったんだ」

「石川さんて誰なの」

私はわざと聞いた。その石川という女の子が、あのフェアレディを運転していた人間というのは誰にだってすぐわかる。

「石川雅子《まさこ》さんっていうんだ」

彼女のフルネームを、私は鼻白んだ思いで聞いた。

「ああいう女の人って好きでしょ」

「わかんないよ、そんな」

「わかんないって、どうして」

「だって今日会ったばかりだもの」

「そういうんじゃなくって」

学のどんな答えが欲しいのかわからないまま私はじれた。

「一般論として、ふつうの男として、ちょっと見て、好きか嫌いか聞いてるわけ」

「うーん、そりゃちょっといい女だと思うけど、オレとは関係ないと思ってるから」

「関係ないって？」

「話も合わないだろうしさ、共通点が何も無いじゃん」

「私とはあるわけ」

「たぶんね」

「どんな、どんな」

「へんなやつ」

学はそう言って、私のあごをちょっと撫《な》でた。唇はほんの少し熱っぽい。セックスも大学に入って真っ先に覚えたいものだったから、私はすぐ好きになったといってい い。学がブラをはずそうとした時、私はちょっと心配になった。北国育ちの私は、東京の暑さにまだ慣れない。背中にアセモがいくつかぶつぶつできてしまうのだ。

「あの人たち」が、大学生なのにエステティックに通っているというのは本当だろうか。

学の腕の中で、私はふっとそんなことを考えたりした。

私は恋をしていたから、八月はあまり嬉しい季節ではなくなっていた。高校時代の同級生と近くの海に行ったり、家で本を読んだりしていたが、ちっともおもしろくなかった。

しょっちゅう電話をするよといったのに、学からは音沙汰《おとさた》がない。彼は東京に残ってバイトをしていたのだ。それはホテルのプールの監視員で、去年までは学の先輩がやっていたバイトだ。とてもお金になるそうだが、ちゃんと泳げないと雇《やと》ってくれないといっていた。

福岡の高校時代、水球部のキャプテンをしていた学にはぴったりのバイトだ。電話がないのはきっと、毎日疲れ果ててしまうからに違いない。私から電話したくても、学のところは呼び出しで、夜はとりついでもらえない。私はじりじりするような思いで毎日をすごした。

学からハガキが来たのは、八月も十日をすぎた頃だ。男のくせに丸っこい字が、ちまちまと並んでいた。

「思っていたより大変な仕事で、やるんじゃなかった。そんなに泳げないしさ。九月になったらまた会いましょう」

九月になったら――、その言葉の冷淡さに私は驚いてしまった。

七月の最初の頃、私たちはこんな約束を交わしていたのだ。

「新学期まで会えないなんて嫌だわ」

「何とかするよ」

「何とかするって」

「僕が近くまで行くとか……」

「うちに泊まればいい。歓迎するわよ」

「そんなわけにいかないだろ」

「そうね」

もののはずみで言ったものの、それがどんなにむずかしいことか、お互いにわかった。婚約者でもない限り、そんなことは田舎では許されない。

「じゃ、美代子が東京に来いよ」

そう言ったのは学だ。

「一週間ぐらいオレのアパートにいればいいじゃないか」

それはドキドキするような提案だった。同棲している友人は、まわりに何人もいたが、私にはそんな勇気がなかった。けれど、まねごとはしてみたい。私はすぐさまOKしたと思う。

それなのに電話もなければ、ハガキには具体的なことが何ひとつ書かれていない。横山和美から電話があったのは、学のハガキが届き、私があれこれ東京へ思いをめぐらしていた三日後のことだった。

「どうしてる？　退屈してない」

「すごおく。もう退屈で気が狂いそう」

「そうだと思って電話したのよ」

和美は最初のうちは親切そうだった。そして徐々に私の胸を刺していった。

「学君から電話がある？」

「時々ね」

「ふうーん、おかしいなぁ」

「どうしておかしいの」

「ねぇ、美代子、私のことお節介だなんて思わないで。私、こういう役まわり嫌なのよ」

ここまでもったいぶって言われれば、私には見当がつく。私は自尊心を保つために、先まわりをしてこう尋ねた。

「学が誰かといるのを見たってことでしょ。それで、誰なの、それ」

「それがさ、石川雅子なのよ」

「まさかぁ」

笑おうとしたがうまくいかなかった。私が雅子のことをあれほど気にしたのは、いつかこの日を迎えるためだったという気がした。

「あっちが相手にしないんじゃない」

私は学を軽んじてみせることで、彼との親密度をあらわそうとしたのだが、にぶい和美にはまったく伝わらない。

「でしょ。あの人、幼稚園からの人だし、グループの中でも力持ってるのよ。男遊びはそう派手な方じゃないけど、この頃は晴海《はるみ》にも出てたのよ。知ってた？」

知っているわけがない。晴海のモーターショーのコンパニオンとか、政治家のパーティーの手伝いとか、世の中にはおもしろそうなバイトがいろいろあったが、あれは「あの人たち」の中だけで伝えられる仕事なのだ。私みたいな女の子は、こっけいなほど小さい帽子をかぶってハンバーガーを売るより他はない。

「私も最初は信じられなかったんだけどさ、あの事故の時かららしいよ」

「だって、その日のうちに終わっちゃった事故よ」

「それでも、なんだかんだ会ってたらしいんだ」

「からかわれてるのよ、学は」

私は突然叫んだ。

「学みたいなタイプは今までなかったから、女の方でちょっとからかったってとこでしょ」

「石川雅子の方はどうだか知らないけど――」

和美は一応、こんなことは言いたくないの、と念を押した。

「学君の方は相当まいっちゃったっていう話よ。ほら、あの人、ホテルのプールの仕事をしてたでしょ。そこによく石川雅子が来ててまた熱をあげちゃったんだって」

私はああっと声をたてるところだった。そう聞くとつじつまが合うような気がする。高級ホテルのプールに雅子が来ても何の不思議はない。

私はその日のうちに、すぐ東京へもどると両親に告げた。

「何の用があるのさ、少しはうちの用事を手伝ってもらおうと思っていたのに」

と母親は文句を言ったが、私は緊急のゼミの講習があるのだと嘘をついた。

新幹線の中で、私は何度もコンパクトをのぞき込む。鏡の中の私は、少しむくんだような顔をしていた。田舎に長くいるといつもそうだ。

東京で暮らしていると、私の顔はそぎ落とされたようになり目も大きくなる。けれど帰郷するといっぺんに元にもどるのだ。

私は夏用ファンデーションを、何度もはたきつけた。お化粧を長いことしていないから加減がわからない。田舎のうちにいると、両親が化粧を嫌がるのだ。

上野《うえの》に着いた時、私の化粧は少し濃くなっていたかもしれない。汗をふこうとハンカチでぬぐったら、べったり肌色によごれた。

駅の構内から電話をする。

「はい、日の出荘です」

あの管理人の声がした。

「すいません、渡辺学《わたなべ》さんお願いします」

「いま、いませんよ」

勝ち誇ったように女は言う。

「バイトに行ってるんですか」

「バイトに行ったか、どこに行ったか知りませんけど、今はいません」

私はそのまま地下鉄に乗り、学の働いているホテルに行くことにした。

四谷《よつや》にあるそのホテルは、新しくてぴかぴかしている。今までに数回お茶を飲みに来たことがあるぐらいだ。ホテルというのは、どこからどう入っていっていいのかわからない。けれど「屋外プール」という案内が大きく出ていて、私はそれに沿って歩くことができた。

いったん地下道のようなところに出ると、人々のざわめきが聞こえた。いっぺんに大きな扉が開けたように、すぐ先にまぶしい光景が広がっている。

私は一歩ずつ近づいていった。子どもたちが何人かいたが、ほとんどは若い男女だ。黒いハイレグを着た女が、椅子《いす》に寝そべっているのが遠くから見える。

「石川雅子だ」

おそらく違っているだろう。けれど私の目には、ハイレグの女はすべて石川雅子に思えた。

時たま、トロピカルカクテルを持ったボーイがプールサイドを横切っていく。それを私は茫然《ぼうぜん》と眺めていた。

世の中の華やかなこと、美しいことはすべてこの四角い水槽のまわりに集まっているような気がした。

さあ、学に会いに行くのだと思っても、足が動かない。私は立ちすくんだままだ。まだ戦ってもいないくせに、相手が誰なのかもわからないままに、私は負けてしまったような気がした。

# 8
# 月

## オキナワ

August

からだが宙に浮くって、まさにこのことなんだわ、と玲子は思った。

ゴーッという金属音さえ快い。窓からは強い陽ざしと、果てしなく続く大雪原のような雲が見えた。

キャンディを頬ばっている顔がおかしいといって、みのりが玲子をさしてキャッキャッと笑う。

仕方ないわ。飛行機に乗るのなんか、生まれて初めてなんだもの。

美加《みか》だけは、北海道のおじさんのところへ行くため、高校時代二回ほど乗ったそうだ。それでも落ち着いているわけではない。キャンディをもらう時、あれこれ迷ったあまり、「やだー、どうして決められないのォ」などと声をたてて、スチュワーデスに笑われた。

スチュワーデスというのは、思っていたよりは綺麗ではないような気がする。けれども紺色の制服はやっぱり素敵だ。それとにこやかな笑顔。玲子はまぶしくてよく見ることができない。

スチュワーデスになるのは、むずかしいんだろうなぁ。全部が一流大学出とは限らないそうだが、玲子たちのような田舎の短大ではまず無理だろう。

だいいち英文科なんてものがない。食物栄養科と被服科というのがあるだけだ。女の子でも成績がよかったり、運がいいのはみんな東京の大学へ行く。家がうるさくてどうしても出してくれないという子は、聖英女子短大だ。ここは地元でただひとつのミッションで、一応お嬢さま学校ということになっている。ここを卒業すると、お嫁入りが早くなるなどというが、昔ほど効き目はないようだ。

東京にも行かず、聖英にも入れない女の子のために、中部順直女子短大がある。ここに入学して嫌なことは、年寄りたちから、順直洋裁学校に行ってるんだねと言われることだ。わずか二十年前までは確かにその名前だったから仕方ないと思うが、あまり気分のいいものではない。

このあたりでは、女子短大は二つしかなかったから、何かにつけてやたら聖英と比べられた。アルバイトにしてもそうだ。お中元売場の主任は、聖英の子たちだけを可愛がると美加は言ったけれど、それはまるっきり嘘ではないような気がする。

玲子たちは一度も誘われなかったが、聖英の子たちは、仕事が終わった後、ビールを飲みに連れていってもらったという。あの主任は、そのうちの一人、丸ぽちゃの久《く》美《み》という女の子がお気に入りだったのだ。美加の方がずっと綺麗なのに、聖英ということだけで目尻《めじり》を下げたに違いない。そういう男だけは本当に願い下げだと、玲子は苦々しく思い出す。

しかし、いずれにしても給料まで差がつけられることはなかった。一週間前にそれぞれが手にした八万円を元に、玲子たちはこうして沖縄《おきなわ》に向かっているのだ。おとなしくしていようと思っても、ころころと笑いがもれる。バッグの中には、買ったばかりの水着が入っている。それは、おとといみんなで選んだものだ。

美加は流行のハイレグだ。ハイレグといっても控え目なもので、そう深い切れ込みはない。足が太いのを気にしているが、そう本人が気にするほどではないと玲子は思う。

あれだけの顔がついてるんだもの。

美加は眉をわざと太い感じにし、その下の大きな目をひきたたせている。睫《まつげ》が濃くて、何もしなくても細く黒いアイラインをひいたような目だ。それにパールの口紅を濃くつけたら、美加はとても人目をひく顔立ちになる。高校時代から、大学生に声をかけられたりもしていた。

「でも最後まではしてないよ。本当だから」

美加がきっぱりと言い切ったのは、いったいいつの頃だったろうか。あれは短大入学が決まって、春休みにみのりの家に泊まりに行った時だったと思う。

「ここらへんの男の子なんかみんなダサくって。ああいうのにバージンを捧げたと思うと一生悔《く》やむと思うの。私、最後までするのは大学生になってからにする」

そんな美加の言葉を、みのりと玲子はため息まじりに聞いたものだ。

いろんなことが雑誌に書いてあるが、田舎に住んでいて親元から通っている身の上には遠い話だ。ましてや玲子たちは県立の女子高校だった。

「いちばん男の人には縁が無いコースよね」

などと嘆くふりをするが、それは言いわけにすぎないと自分でも思っている。現に美加などは、玲子とずっと同級生だったが、男の子とつきあったことが何回もあるはずだったからだ。

顔立ちは平凡でも、みのりのようにスタイルがよければ、なんとかなるかもしれない。けれども玲子は、自分が可もなく不可もないタイプだということをよく知っている。女の子たちが数人いるとしたら、もっとも印象に残らないクチだろう。こんな自分が、心の底では男の人とキスをしたり、それ以上のことをしてみたいと激しく思っているとしたら、みんなはなんと思うだろうか。それが怖くて、玲子はずっとおとなしい女の子のふりをしていたところがある。高校時代まではずっとそうだった。

そんなことをあけすけに口にできるようになったのは、やはり短大に入ってからで、酒と美加の力だ。高校の時は、遠くから眺めているだけだった美加と急に仲よくなった。そして学校の帰り、時々お酒を飲みに行くことさえある。

家に帰る時は、アルコールを抜くためにコーヒーを飲み「ちょっとビールを飲んできたの」と言いわけすれば親も何も言わない。玲子は信じられないような幸運を手にしたような気持ちになったものだ。

水割りをシングルで二、三杯飲むと、とたんに舌がなめらかになる。

男の人とキスをしたこともないけれど、十代のうちには絶対しなきゃ。ううん、それ以上のこともしたい。そうしたら、学校に行ってみんなにどんなに自慢できるかしら。

「そうよ、玲子、絶対にみんなより早くしよ」

美加は手をギュッと握ってきた。

「うちの女の子たちなんかさ、おとなしく親の決めた相手と結婚するか、そうでなきゃ、ここらへんのスカG持ってるおニイちゃんにひっかけられるぐらいのレベルなんだもん。あんなコたちに先を越されたら恥よ」

そして、こんなふうにも言った。

「ね、ね、私たちこの夏、体験しよ、思い出つくろう。みんな一緒にね」

そんなことが現実になるかどうかわからない。

けれども飛行機の中はひたすら明るかった。雲の上って信じられないほど明るい。なんだか現実のものじゃないみたいだ。

十八歳で、南へ向かっていて、そして恋をしたがっている。これで何か起こらなきゃウソだわ。玲子はひとりつぶやいた。


那覇《なは》空港からオクマまでは遠かった。途中、英語だけの街を通る。

「ね、ね、見て。まるでウエスト・コーストにきたみたい」

玲子は小さな歓声をあげた。

「来年はさ、もっとお金ためて、絶対に海外旅行にしようね。ほら、前にも言ったと思うけど、私の従兄《いとこ》が旅行代理店に勤めてるのよね。ああいうツアーって、直前のキャンセルが出るとものすごく安くなるみたい」

バスの窓に目をやりながら美加が言う。だったらもっと割のいいバイトを見つけなきゃと、みのりが言い出して、三人はにぎやかに知恵を出し合った。

いちばん人気のあるバイトは、なんといってもハンバーガーショップの販売員だ。時間が自由に選べて制服も可愛いかわりに、とても競争率が高いのだ。けれど人口五万かそこらの街で、これといったバイトは他にない。

「東京だったら、愛人クラブとか、風俗営業とかがあって、女子大生っていうことだけで喜ぶんでしょう」

「わぁ、みのりったら大胆」

定期バスは意外なほど空いていて、前の席に老人と、子どもを連れた若い母親が座っているだけだ。三人はさらに、雑誌で聞き齧った知識をひそひそと披露する。

「ソープランドに勤めてる女の人って、月に三百万も稼いだりするんですって」

「ウソーッ。じゃ私、一か月だけ勤めて、そしてやめちゃおうかな。これなら、そうヘンにならずにすみそう」

「無理よォ」

美加はあきれたというふうにため息をついた。

「私たちさ、一回もそういうことしてないんだから、踏ん切りがつかないじゃん。まずはそういうことしなくっちゃ……ねッ」

「あーあ、バージンって損かもねぇ……」

みのりのつぶやきを、玲子は熱く耳の奥で聞いた。

不思議だ。この三人でいると、ふだんの一千倍ぐらい正直になる。他の人に知れたら、色情狂ではないかと思われるようなことでも平気で口にできる。他の二人も「そうよ、そうよ」と同意し、さらにエスカレートするのだ。

後から思い出すと顔が赤くなるほど、強い言葉をぶつけ合ったり、大胆なことをしてみたりもする。うちではいい娘でとおり、学校でも問題のない三人は、自分たちだけで円を描き、その円の中でできる限り、むき出しの性を語るのだ。

「ねぇ、ここで起こったことは絶対に内緒よ」

ホテルのベッドで、もう一度美加は念を押した。コテージにベッドを持ってきてもらってトリプルにしてある。初めて泊まる本格的アメリカンスタイルの部屋は、玲子たちをわくわくさせた。いまも映画で見たとおり、裸のからだにバスタオルをまきつけ、お互いに記念写真を撮ったばかりなのだ。

「ね、ここで起こったことは、誰にも言いっこなし」

「まだ何にも起こってないじゃない」

「だから、起こすわけ。ねえ、気づかなかった。今日着いてすぐ、ロビーのところで三人連れの男の子に会ったでしょ」

「憶えてない」

「ほら、その後、プールでも会ったでしょ」

「私、泳ぐのに夢中だったから、何も見てないよォ」

「ウソ、みのりってブリッ子なんだからァ」

「ああ、シマシマのトランクスはいてたコたちね」

「見てんじゃないよぉ」

三人は声をたてて笑った。芝生の続く広大な庭は日光浴ができる。目の前は海だ。こんなとこで四日間をすごすなんて、気が遠くなりそうだ。現に半日泳いだだけだというのに、玲子の太ももや腕はうっすらと日に焼けている。肌がチョコレート色になっていくと、見られてもそう恥ずかしくない。三人はバスタオルだけで、足を投げ出してお喋りを続ける。

「ね、あの三人に決めよ」

美加が頷きながら言った。

「何を決めるのよ」

「きまってんじゃん。あの子たちとペアになって、私たちロストバージンするのよ」

「えーっ、うそーっ」

　みのりと玲子は肩をたたきあって照れた。

「あの中に、私の好みなんか一人もいないもん」

　みのりは口をとがらかす。

「そりゃ、そうだけど、そう悪くはないじゃん」

　それはそうだと玲子は思い出した。髪のかたちが、どうとうまくいえないが、とてもしゃれている。玲子たちの街で、あんなふうなカットをしている男の子などあまりいない。トランクスのデザインも気がきいていた。

「高望みはしちゃダメよ」

　美加はきっぱりと言った。

「あのレベルの男の子が、最初の相手にはいちばんいいんだってば。私、いつも思ってたんだけど、私たちの近くの男の子、たとえばS大とかのさぁ……」

　美加は地元の国立大学の名前を口にした。街では一応エリートといわれている連中だ。

「あのコたちの一人とでもやってみィ。うるさくつきまとわれるしさ、あれこれ言いふらされるじゃん。それにカッコいい男の子なんて一人もいない。私、さらっとひと夏の相手っていうのが欲しいの。それに、あの男たち、きっと東京だよ」

「そうね、そうみたい」

玲子にもそれがすぐにわかった。東京の人たちの話し方はちょっときつい。しゃきしゃきと切るように言葉を舌にのせる。特に男の人のそれは、玲子をちょっとおびえさせるものがあった。玲子ももちろん方言を使うような年代ではないが、ああした冷ややかなニュアンスはどうしても真似できないような気がするのだ。

「ね、体験できるかできないかは、ことのなりゆき次第だけど、とにかく三人連れの男の子と仲よくなろう」

美加はバスタオルから、すばやくナイティに着がえてきた。水着を買う時に、ちょうど寝具売場でバーゲンをしていたのだ。水玉模様で、下はキャミソールになっている。美加の太ももももやっぱりうすいこげ茶色になっている。

「四日間もいるんだから、私、頑張るぅ」

ベッドに倒れ込みながら言う美加を、玲子は好きだと思った。

こんなふうに心をむき出しにすることを教えてくれたのは彼女だった。

「やっぱり、十八歳のうちに初体験をすませたいよね。後で聞かれた時にみっともないじゃん」

入学してすぐの頃、自分と同じ考え方の人間がいることを知って、玲子はどんなに嬉しかっただろう。美加と一緒にいれば、自分もいろいろなことができそうな気がする。ここで知り合った男の子と体験するなどというのは全く不可能な冗談のようだが、お酒を飲む時のように何かを踏みはずしてしまえば、ひと息に実現できるに違いない。

それに、ここオクマに着いてから、玲子はまるで夢の中にひたっているようなものだ。ベッドにバスルームのある部屋、初めて見たまっすぐに下りてくるような太陽、プールのバーで飲むコーラ……。

「よーし、ナンパ開始だ。明日から頑張るぜ」

わざと下品なことを言って二人を笑わせた。からだのほてりはなかなか消えない。このほてりは、もしかしたら何か魔法にかかったしるしじゃないかしらん。そんなことをつぶやいたら、うとうとしていたからだが、すとんと下の方に落ちた。足が少しひきつったみたいだ。

「ほら、ほら、来たわよ。あの三人……」

〝チチ〟のストローを弄《もてあそ》ぶのをやめて、美加はそっとささやいた。

午前中のプールはもう人で埋まっている。海に出てマリーンスポーツというコースもあるが、あの男の子たちはきっとプールに来るわと、美加は断言したのだ。

「だってさ、男三人で沖縄に来るなんて、女の子が目的だからね。それにあのコたち、ヨット乗ったり、サーフィンしたりっていうふうには見えない」

〝歩く耳年増《みみどしま》〟と自らも言う美加は、こういうことにやけに詳しい。

「ふうーん、なるほどね。ちょっとからだがなまっちろい感じするもんね」

美加の言葉にすぐ感心するのは、みのりの役目だ。玲子はその中間というところかもしれない。

「あれ、あれれー」

みのりがオイルを塗る手を止めた。

「あれ、何よ、あれはー」

三人の男の子の後ろから、やはり同じように水着の三人の女の子たちがついて来るではないか。昨日今日の知り合いではないらしく、女の子の持っていたバスケットを、さりげなく男の一人が持ってやったりしている。黒いハイレグの女は、その時、礼ひとつ言うわけではない。

「きっと、三組のカップルがここでしめしあわせたんだよ。女の子たちだけで、別の飛行機で来たんじゃないのォ？」

「やるー。でもあの女の子たち、ちょっとサエないね」

「本当。足が太い」

背中にオイルを塗るようなふりをして、みのりと美加はささやきあっている。

その時だ。玲子の肩にやわらかいものがぽーんとあたった。ふり向くと大きなビーチボールだ。

「ヤッホー、ほうってよお」

傍の水の中で、二人の男が手をふっている。濡《ぬ》れたわき毛が、ぴったりとくっついているのが目に入った。玲子が思いきりほうると、「サンキュー」と大きな声で礼をいった。

その後も、合計五回、ボールは玲子たちの寝そべるチェアに飛んできた。

「ほっときなさいよ。よく使うテよ」

美加はささやくが、現にボールが足元にころがっているとそうもいかない。そのたびに水の中に投げてやった。

「どうもありがとう」

最後に男の一人は、ボールを受け取りに水からあがってきた。

「ねえ、ねえ、昼ごはん一緒に食べない。僕たち食券がちょっと多めにあるんだ」

男はプールの中にいた時よりも、ずっと背が低く見える。二十代のなかばだろうか、胸のあたりにかなり長い毛がびっしりと生えていた。

「どうする」

「どうしようか」

三人は目くばせした。しかし、ジャッジを下すのはやはり美加だ。

「悪いけどー」

つんと肩をそびやかして言った。

「私たち、朝ご飯が遅かったから、まだお腹がいっぱいなの」

男の後ろ姿を見ながら、美加は小さくつぶやく。

「あそこまでレベルを落とすことないわよ。完璧《かんぺき》におじさんじゃない」

美加にしても、玲子にしても、対象はあくまでも同じ年齢の学生なのだ。二十歳をとうにすぎて、しかも社会人というのは薄汚い気がする。

さっきの男たちとかちあわないようにというので、二時すぎにやっとレストランに入った時は玲子は空腹のあまり倒れそうだった。

「私、シーフードカレー」

「私、沖縄風ラーメンにしようかな」

「ウッソみたい。ステーキがこんなに安いわ」

水着のままごはんを食べるなんて、とてもしゃれた気分だ。胸の大きさなら、玲子は他の二人にひけをとらなかった。ストライプの水着からはみ出しそうな胸を、タオルのウエアでちょっと隠しただけでスプーンを動かしていると、自分がこのうえなく魅力的な娘に思える。

「ねぇ、ねぇ、ねぇ」

突然肩をぽんとたたかれて、みのりはとびあがった。チェッカーズそっくりの髪型の男の子が立っている。軽薄な感じは確かにするが、そのぶん可愛かった。

「君たち、どうして海に行かないの」

会話のテンポも、いかにももの慣れている。返事をしようかしまいかと考える暇をあたえない。

「海って陽ざしがすごく強いんでしょ。午後に出ると、肌を傷《いた》めるんでしょ」

「そんなオバンみたいなこと言ってないの」

男は返事をした美加に、なれなれしく近寄っていった。

「もしヨットに乗る気があればさ、僕たちが教えてあげるよ」

「ヨット、持ってんの」

「まさかぁ、一応講習受けてさ、ひとつ借りたんだよ」

「ふうーん」

美加は頷くふりをしながら、二人に目で合図した。

「ちょっと、行ってみようか」

予想していたとおり、砂浜には彼の友だちが二人待っていた。どうやら彼らも、三人の女の子グループを物色していたらしい。

男たちは東京からやってきた専門学校の学生だと名乗った。

「コンピューターの勉強してるわけ。君たちは?」

どの男の子でもするように、彼らは三人の通っている学校の名前を知りたがった。

「わかるわけないわよ。ド田舎の学校だから」

「いいから、言ってみなよ」

「中部順直女子短大」

「すげえ名前」

童顔の背の高い男が言って、みなはどっと笑った。そしてそれでずいぶんくだけた雰囲気になった。

「ね、ね、僕思うんだけどさ」

チェッカーズ風髪型の男が言った。

「ヨット教えるにしても、カップルになった方がいいじゃん」

「やだ、私たち。急にそんなこと言われても」

「クジ引きにしようよ」

「クジ引き?」

「そう。ねっ、二つくっついてる貝がらを探してさ。その片方ずつがぴったり合った二人を、とりあえずカップルにしちゃうわけ」

おそらく、男の子向けの雑誌にそんなやり方が出ていたに違いない。チェッカーズは、ピンクとブルーの小さな貝をすぐに見つけ出してきた。こんなに綺麗に両側の貝が揃《そろ》っているのは珍しかったから、もしかするとあらかじめ用意していたのかもしれなかった。

「砂の中に埋めとくから、男と女で背を向けて掘ってさ、選んだらせぇーので手をひらく」

「ふうーん、おもしろそうね」

そんな美加に、三人の男の目が集中したのを玲子は見た。スタイルはそう良くないというものの、やはり美加は十分に人目を惹《ひ》く顔立ちをしている。

この男たちも、さっきボールを投げてきた青年たちも、もしかしたらみんな美加が目あてのような気がする。

「じゃ、みんな背中向けて。僕が貝がらを埋めるからさ」

チェッカーズ風が言って、その間残りの五人はくすくすと笑った。美加の笑い声がいちばん大きい。自分がいちばん望まれていることを知っているせいだろうか。いけない。どうしてこんなに急にひがみっぽくなってしまったのだろう。玲子は水着が似合う。胸が大きいと、やっぱり海じゃ得ね、と美加も言ったばかりではないか。

それなのに胸の鼓動はますます激しくなる。背の高い男と、髪の短い男が、いまも美加をちらっと眺めるのを目にしたばかりだ。

チェッカーズカットの男は、いかにも頭が悪そうだ。背の高い男は胴が長く、もう一人の男は何もいいところがない。

惹かれる男など一人もいないのに、この中の一人に、どうしても好意をもってもらわなくてはならない。

玲子は胸が目立つように上体をそらす。だけどやっぱり見てもらえない。

玲子はわかる。遊びだからこそ、この男たちは、こんなに直截的《ちょくせつてき》で残酷な表情をするのだ。

そして、玲子はこれに耐えなければならない。女だから。

三人のうちの誰かは、もし私にあたったら、きっと失望するような気がする。美加と違って、自分は大学生たちから騒がれたこともない。どうしたらいいのだろう。どうしよう。

遊びよ、こんなの遊びよ、と別の声がささやくけれど、もう息苦しくなっている。それをかくすために、玲子はうす笑いをうかべながら熱い砂の上にいる。地表の熱は、じわじわと足元から玲子のからだの中に入っていく。

ふり返ると、白い砂の上に、三つの黒い土の跡がある。少し離れたところにやはり同じように色の変わった土が盛られている。チェッカーズが掘ったものだ。

その中に、三組の貝がらが別々に埋められているのだ。

「私、どれにしようかな」

「ドキドキしちゃう」

少女たちはひざまずいて、指で土を掘る。三センチもいかないうちに、玲子の指は灰色の貝がらにあたった。

それはまるで玲子の運命を決定する貴石にも似ていた。

男を選ぶのも、男に選ばれるのも初めてだということを、玲子はやっと思い出したのだった。

# 9
月

## 新学期

September

予感は確かにあった。

明日から浩《ひろし》の学校が夏休みだという午後、私たちは渋谷の喫茶店でコーヒーを飲んでいた。

先週に梅雨はあけていて、ガラス窓ごしに出来たてといった感じの真夏の太陽が見えた。そしてその光の中では、私たちのつかのまの別離も、甘美なものではなかったかと思う。

「ねえ、本当に会えないの」

これから二か月近くも、私たちは離れ離れに暮らさなければならないのだ。私は横浜に家があるが、浩は遠い故郷へと帰る。もう少し長くつきあった恋人同士なら、二人でしめしあわせて旅行などに行くのだろうけれど、私たちは知り合ってまだ三か月だ。これが初めての別れだった。

「電話するよ」

「手紙もよ」

「手紙かあ、そんなものしばらく書いたことないよ。お袋がギャーギャー言っても、うちにも出したことない」

「でも、私にはちょうだい」

　わざと乱暴に言うと、浩はあきらめたように笑う。私はこの笑顔がとても好きだった。

　私の友人の中には、浩のことをおとなしすぎるというコがいるが、私はそうは思わない。半分は嫉妬で、そして半分は浩のことをよく知らないからだ。

　自分でも言っているけれど、浩はとても人みしりをする。初めて会った人には、ぶっきらぼうといってもいいほどだ。けれど親しくなると、わりとよく喋る。もちろん、おしゃべりというほどではないけれど、明るくてユーモアがある。ちょっとむずかしい言葉でいうと「思慮深い」というのがぴったりだ。

　私はへらへらとした軽い男が大嫌いだった。横浜というところは、そういう男には不自由しないところで、ルミネあたりに行くと、すぐに声をかけられる。私の友人たちは、そういうのをよくＢＦや恋人にしていたけれど、私はまっぴらだと思っていた。

「佐知《さち》は理想が高すぎるんだから」

とみんなに言われても、私は考えを変えなかった。

もちろん、映画を観《み》に行ったり、ちょっとしたデートをする相手はいくらでもいたが、私はキス以上のことを許したことがない。だから高三の頃には、かなりクラスメイトたちに馬鹿にされた。私たちのグループは特に派手だったから、バージンというのは、格好のからかいの材料にされるのだ。あのコたちというのは、そんなふうにして優越感を満足させるのだから始末が悪い。

「やだー、英子《えいこ》ったら、やらしいことを言う。おととい三回シタなんて言うのオ」

あのくすくす笑いと、肘《ひじ》のつつきあいっこ。

私は別に固いとか、マジメというわけでもなかったけれど、まわりにそんな相手がいなかっただけだ。みんなみたいに、経験したいから相手を探したというのとはわけが違う。

浩と知り合ったのは、短大に入ってすぐのコンパでだ。私たちの学校というのはひどく男の子に人気がある。幼稚園から附属があって、おっとりとしたお嬢さまが多いからだと言われているが、私はあまり信じない。休み時間にみんながどんな話をしているか、本当に聞かせてやりたいと思うぐらいだ。

それはともかく、短大ともなると、コンパの申し込みはひどく多いのだ。私が入っている「社会奉仕研究会」というわけのわからないサークルは、相手の学校をあれこれえり好みする。そして浩の学校は合格となった、一流とはいわないまでも、一流半ぐらいの私立の大学だ。

ここの男の子は、わりとスマートで遊び慣れているということになっている。その中で浩は目をひいた。他の男の子たちのように、目立とう、笑わせようというところがなかった。時々ニコッと笑う。私が大好きなあの笑顔だった。

「ね、あの右から三番目のコ、いいと思わない?」

隣の洋子にささやいたら、

「うーん、ルックスはそう悪くないけど」

としばらく考えたあげく、

「ちょっと根《ね》クラっぽいんじゃない」

と言いはなった。

けれど私は次第に浩から目が離せなくなった。そしてトイレに立ったふりをして、さりげなくその隣に座ることに成功したのだ。

「僕はこういう席、初めてだから」

浩の声はわりと低くて、それも好みにかなった。

「あら、私だって初めてよ」

私はちょっと嘘をついて、それですっかり仲よくなったのだ。帰りには送ってもらって、それからはトントン拍子に恋人になった。恋人というのは、もちろんそういう意味での恋人だ。

つまり浩は、私にとって初めての男ということになる。

だから別れに際して、多少私が甘えたり、センチメンタルな声を出すのは、ごくあたりまえのことではないだろうか。

「私は手紙書くわ。電話もする。ね、電話はいったい何時頃かければいいの」

「そうだなあ、田舎だからみんな早く寝ちゃうんだ。九時すぎに鳴ったりすると、やっぱりギョッという感じになるね」

私はまだ行ったことがない浩の福井のうちを思いうかべた。お父さんが税務署に勤めているという。きっと物堅くて静かな家庭に違いない。

私は自分の部屋に電話を置いて、階下と切り替えて使うようにしていたから、真夜中でも友人とお喋りができた。これから、毎晩あった浩のラブコールがぐっと少なくなるわけだ。

「やっぱり淋しーい」

私は声に出して言ってみる。

「ね、どっかで待ち合わせて会えないかしら。福井と東京の真ん中、そこで落ち合うの」

「うん、考えてみるよ」

「考えてみるなんて、ずいぶん冷たい返事ね」

私はどうやら浩が乗り気でないようなのを感じた。

「故郷《むこう》で、昔好きだった人とでも会うんじゃないの」

「えっ」

その時目を見張った浩の顔を、今でも私は覚えている。虚《きょ》をつかれたといった感じで、彼は口をぱくぱくさせたのだ。

「そんなことないよお……」

しばらくたってから言う。

「高校の時には、これといった人はいなかったよ。君がいちばん知っているだろ」

「そうね」

赤くなったのは私の方だ。私と同じように浩もまた初めてだったのだから。

「ホント、女の子には縁が無かったよ。佐知と知り合わなかったら、オレ、かなり落ち込んじゃってたかもしれない」

「ふんだ、うまいこと言っちゃって」

「お、やなやつ。本当だったら、このままおムコにもいけず、田舎で朽《く》ち果てるなんて、死んでも死にきれないと思った時があったぜ」

浩は喋りすぎだった。

いつもの彼と違って、つまらない言葉を重ねた。それに気づいたのは、夏休みが始まってしばらくたってからだ。


夏の間、私はアルバイトもしないでずっとうちにいた。父親が、アルバイトをするぐらいだったら金をやるから、うちの中のことを手伝いなさいと言い出したのだ。父は私のことが心配でたまらないのだ。きっとそのテの週刊誌の読みすぎだと思うのだが、女子大生というのは外に出るやいなや、やたらと誘惑されたり、悪いことをしたりすると考えているようだ。

小学校時代からの友人とプールへ行ったり、軽井沢《かるいざわ》へ二泊したりするぐらいでも、あまりいい顔をしない。

「父親ってよくそういう時期があるみたい」

洋子が言った。

「娘がもし男にヤラれたらどうしようかと思って、そわそわドキドキしちゃうみたい。うちなんて、私がそういうことはとっくに済んでるんだってわかった時から、なんか気が抜けたみたいになって、あんまりうるさいことは言わなくなったわ」

私はそれを聞いてもやはり心配になった。小さい頃、私はすごいパパっ子だったのだ。いつも父にまとわりついて、べったりと甘えていた。あの時私に頬ずりした父の髭《ひげ》の感触まではっきりと覚えている。

私がもう男の人を知っているということがわかったら、父はものすごいショックに違いない。

しかし父には悪いけれど、私はもうかなりの線まで〝おんな〟だった。浩と会えなくなって十日、つらいのは心だけじゃないということがわかって、私自身もびっくりしているのだ。

たとえば朝起きると、なんともいえない感じがこみ上げてくるのがわかる。「したいの、したいの」と、私のからだの奥がざわざわ言うのが聞こえる。

可愛い下着をバッグにしのばせて、浩のアパートに向かう途中、この「したいの、したいの」という声が聞こえる時があった。でも私は今まで、この「したいの、したいの」という声は「会いたいの、会いたいの」だと思っていたところがある。いや、思い込もうとしていたというのが正しいかもしれない。

　私は浩とセックスするのが楽しいんじゃなくて、顔を見つめ合ったり、お話ししたり、そしてキスしたりするのが楽しいんだって言いわけをしていたのだ。だけどやっぱり違うみたい。心はたとえそうでも、からだの方は完璧にそればっかり考えてる。それがだんだんわかってきた。

　ある時、浩に抱かれた後、私は正直にそのことを告げたことがある。

「すごいや、佐知って本当にすごいや」

　浩は感嘆の目で私を見つめたものだ。

「佐知って、ふつうの女の子が絶対に言わないようなことを、ちゃんと口に出すんだ。クールっていうわけでもないけど、自分で自分のことよく見ててさ、いろんな発見しちゃうんだよね」

「あら、こんなこと誰でも気づくんじゃない」

「ううん、他のアホ女子大生は誰も気づいたりしないよ。あーら、何だかソノ気になったワ、みたいなことぐらいしか考えないよ。それに気づいたとしても、口に出したりなんかしない」

けれどセックスを始めるようになってから、私はしょっちゅう自分に新しい発見をしているというのは本当だった。

高校時代まで、私はどちらかというと男っぽいとみなに言われた。ショートのヘアスタイルを六年間変えなかったというので、「宝塚」というニックネームがついたことさえある。男より女にずっとモテた。下級生の頃は上級生から、上級生になってからは下級生から手紙をもらった。

そんな私が、浩に背骨のあたりをくすぐられると、「やだーっ」という何とも言えない声を出す。私は長いこと、ああいうよがり声というのは、ほとんどが女のお芝居だと思っていた。ところが声がするりと出てしまう時があるのだ。

浩のアパートは、経堂《きょうどう》の小さな一DKで、お風呂もついていない。隣との壁だって薄っぺらなものだ。だから私は最初から、ここでは声をあまりたてまいと決意していた。なにもわざとらしい声を出して、男の人を喜ばせることはない。

ところがどうだろう、浩が指でなぞり始め、ぴたっとある場所に来て止まると、私の喉《のど》からおかしな声がほとばしる。それは私自身が今まで聞いたこともない声だ。うら声というのでもない。つくり声とも違う。私の中の別の女が現れて、その女が叫んでいるような声だ。そしてそんなことにも私はしばしば感心してしまうのだ。

けだるい朝ごとに、私は浩のことばかり考えているというのに、彼からの連絡は日増しに少なくなっていった。


「どうしたのよ」

私は小さく怒鳴った。

「電話、五日間もなかったわよ」

「ごめん、ごめん。悪かったよ」

「長距離でアレだったら、私がすぐにかけ直すわ。最初からそう言ってるじゃない」

「ちょっと親戚のうちに行ってたんだよ。それで電話できなかったんだ。ごめんね」

私のいらだちはこれでかなりおさまった。

「その親戚のうちってどこにあるの」

「親不知《おやしらず》の方……。なんにもないとこだよ」

「何をしてすごしてたの」

「そこのチビとキャッチボールしたり、市営プールにつれていってやったり」

「わあ、楽しそう」

他愛ない話に、私はさまざまな感嘆詞を入れる。以前は馬鹿にしていたこういうことが浩とつき合い出してからいくらでもできる。

「サチのこと、時々は思い出してね」

「あったりまえだよ」

その時、私は浩の声にとても疲れたものを感じとった。その疲れというのは、まさかキャッチボールをしたからというのではあるまい。

その時の私の勘はあたって、それから八月の終わりまで、浩の電話はぴたりとなくなってしまったのだ。


さんざん考えたあげく、私の方から浩の家に電話をすることにした。もちろんこんなことはどうということないのだが、億劫だと思う気持ちが重なっていくうちに、自分の中でタブーのようになってしまっていたのだ。

「はい、鶴見《つるみ》です」

しばらく呼び出し音が続いた後、歯切れのいい中年の女の声がした。

「私、東京の野村《のむら》といいます。浩さん、いらっしゃいますか」

「あら、ま。いつも浩がお世話になってます」

「あ、こちらこそいつもお世話になっています」

私はあわてて挨拶を返す。受話器の向こうはかなりとまどっているのがわかる。ということは、東京の女の子から電話がかかってくることはあまりないらしい。

「浩ですね。ちょっと待ってください」

ヒロシ、ヒロシーッとかん高く彼を呼ぶ声が聞こえた。私はそれでたやすく浩の実家を想像することができたのだ。

古びた木造の二階家。入ってすぐに二階へ続く階段がある。いま母親は上を見上げて怒鳴っているに違いない。

どのくらい時間がたったのだろう。ずいぶん長いなと思ったとたん、浩ではなく母親の声がした。

「ごめんなさいね。そこに居たと思ったんだけど、いなくなっちゃったんです。そこらへんに買い物に行ったんだと思うんですけれど、本当にごめんなさい」

彼女の声は同情を多分に含んでいて、私はとっさに浩が居留守を使っているなと思った。

どうして、なんのために。

私はこのことを長い間問い続け、私の夏休みはすっかりめちゃくちゃになってしまった。

九月になった。

私は浩のことをいずれあきらめるつもりだったけれど、それ以上に真相を知りたかった。男に捨てられてしまったという事実に苦しむのならそれも仕方ないが、浩のやり方はあまりにも突然すぎた。私は本当のことを知りたいのだ。

「あーら、そんなことわかってるじゃない」

洋子は言う。

「故郷に別の女がいたのよ。そうとしか考えられないじゃないの」

なるほどと思うが、私は否定する気持ちがだんだん強くなっていくのを、とめることができない。なぜなら冷静に見ても、私の方がすべてに有利ではないだろうか。

私たちは一応ハマっ子と呼ばれ、このあたりの男の子たちの憧れの的《まと》になっている。その私と、福井の田舎でくすぶっている女とじゃ、どちらがいいか決まってるでしょ。などという気持ちは意地悪かもしれないが、ちょっぴり私の中にある。それよりも大きなことは、私たちはセックスをしているということだった。浩は童貞だった。そしてすぐに、これにひどくのめりこんでいった。そう、のめりこんでいったとはっきり私は言える。

ひと頃、浩がそればっかり考えて、私は嫌味《いやみ》を言ったことがあるのだ。

「仕方ないよ。これがこんなにいいものだなんて思ってなかったんだから」

と浩は少し照れたように言った。それは、「もう一回、いいかな……」と言う時の顔と、とてもよく似ている。私はそんな顔をする浩と、それをまた承諾する自分を思い出すと、顔がほてってくるのだ。

浩にとって、私がどんなに大きな存在か誰にだってわかる。浩はまだセックスにも私にも飽きていなかったはずだ。その彼が、どうして私をさけるんだろうか。

もし彼が私を捨てるとしたら、私よりもずっとセックスがうまくて、魅力的な女に違いない。けれどそんな女が、しかも若い女が、そうそう田舎にいるとは思えなかった。


浩から電話があったのは、新学期が始まって四日目のことだ。

「どうしても話したいことがあるんだ」

「こっちだって大アリよ」

私は腹立たしげに叫びながら、声に甘さを残しておくのを忘れなかった。浩は私に許しを乞《こ》うつもりなのだろうか。

「怒ってると思うと、ますます電話をかけづらくなって……」

私は私にしては珍しく、楽天的な想像にしばらく酔ったというのは本当だ。

約束の店にあらわれた浩は、髪が驚くほど伸びていた。

「東京の店でカットするつもりだったから……」

と言いわけする。

「言ってちょうだい」

私はできるだけ冷たい口調になるよう骨をおった。

「どうしてこんなふうになったのか」

「佐知、僕のこと馬鹿にしていいよ」

浩はそれには答えずに言う。彼が困惑のまっただなかにいるのは、目を見ればすぐにわかる。

「僕、佐知に会ったらどう言っていいのかわからなくなると思ったから、手紙を書いてきた。それを読んでくれるかな」

「いいわ」

浩の字を初めて見た。それまでは持っていたノートの表紙の署名ぐらいだ。へんに斜めの癖がある字だ。

「こんなことを言って、さぞかし君は僕のことを軽蔑すると思う。だけど、どうしても、僕のことを理解してほしい。

高校生の時、僕は好きな女の子がいた。彼女も僕のことをすごく慕《した》ってくれた。だけど手ひとつ握ったことがない。彼女は清らかで、純で、世の中の汚れを何ひとつ知らないような子なんだ。

東京に出てきてから、僕は佐知に夢中になった。これは本当だ。そして彼女はだんだん遠くなっていった。だから夏休み、僕は彼女に会うのが怖かった。きっと泣かれるか、なじられると思ったんだ。だけど彼女はひたすら僕のことを信じていた。人を疑うってことをまるっきり知らないんだ、あの人は。

そして僕は彼女のことを、絶対に裏切れないとわかったんだ。泣かすようなことがあれば男として最低だと思う。

うまく言えないけど佐知は現実で、彼女とのことは僕の夢だとか理想だ。佐知を愛してるけど、僕はこれ以上彼女をだますわけにはいかない。

僕のことあきれただろう。許してくれなんて言わないけれど、本当のことを知ってほしかった」

つまらない手紙だと私は思った。それに彼女という女の芝居っ気たっぷりなことはどうだろう。

「じゃ、私、どうなるわけ」

私は浩の顔を見上げた。

「これじゃ私、バカみたいじゃない。二人の純愛を邪魔した嫌な女ってことになるの」

「違うよ……。僕はただ、佐知はひとりでも生きていけると思う。君は強いし、頭もすごくいい。だけど彼女はダメなんだ。僕がついてなきゃ本当にどうしようもないんだ」

「そんなこと、いったい誰が決めるわけ？」

腹立たしさとみじめさで、涙が出てきそうだ。

「ええ、私は清純じゃないわ。世の中の汚れも知ってます。だけどこんな役まわりを引き受けさせられることはないはずよ」

浩は困ったように私を見ている。

「佐知、もう一回していいかな」

ああ、あの時の彼の顔を見せてやることができたら……。

「そうよ、私とはさんざんセックスしといて、それで彼女は清純ですって……。冗談じゃないわ、冗談じゃないわよ」

近くのテーブルのカップルが、こちらをちらちらと見ている。でも私は平気だった。なにか嫌な予感はしていた。浩が夏休みに家に帰る前だ。私が感じた胸騒ぎは本当にあたってしまった。

地方から来た人たちは、夏休みまでにワンラウンド終え、そして故郷に帰って冷静さをとりもどす。だから清純なんてものを信じてしまうわけだ。けれど私のように都会のコは、ずっと戦い続けるだけなんだもの。

「だからやーなのよ、あんたたちカッペは！」

私は必死で舌の上で、もっとひどい悪口を探し続けた。

運のいいことに、涙はそう出てこない。私の頭の中に突然、まだオルガスムスを知らないでよかったという考えが、ぽっかり浮かんで消えた。

# 10
月

## つるべ落としのキャッツ・アイ

October

森田《もりた》先生、お元気でしょうか。

先生のお書きになった小説やエッセイ、いつも読ませていただいてます。まるで、私が書いたんじゃないかと思って、びっくりすることがあるんです。

特にダイエットの話なんかそっくり。私は四十五キロで、そう太っている方ではないんですが、背が低いから目立つんですね。小林麻美《こばやしあさみ》さんとか、いしだあゆみさんを夢みて、いつも励むんですけど、いつも挫折《ざせつ》しちゃうんです。ですから、先生の気持ち、すごくわかるんです。

ところで、先生にお手紙をしたのは他でもありません。私たちの悩みを聞いてもらいたいからです。

先生のエッセイによりますと、先生はファンレターに返事を書かず、なおかつ同封の切手をネコババするとか。でも今回のこの手紙には、返事をしてくれなくちゃ困ります。

他の二人、葉子《ようこ》と明美《あけみ》も、返事をくれなきゃ、もう絶対に先生の本を買わないといってます。私たち、全部とはいいませんけど、先生の本を揃えてるんですよ。もし印税が入ってこなくなったら、先生だって困るでしょ。たった三人ですけど、返事くれなかったら、先生は意地悪だってみんなに言いふらしちゃう、私たち。

だから、絶対に、この相談にのってくださいね。

ところで自己紹介が遅れましたけど、私は木本聡子《きもとさとこ》と申しまして、今年、二十二歳のOLです。聡子なんて名前の割には、ちっとも聡明じゃなくて、短大を出た後、だらだらとOLをやってます。

もっと若い頃は、イラストやりたいとか、デザインの勉強したいとか、いろんなことを思ってたんですけど、なんか今は日常生活の中に埋もれてしまってるっていう感じ。地味にOLをやっています。

私の会社は、日本橋《にほんばし》にあるっていうとカッコいいのですが、一流企業でも有名会社でもありません。社員三百人ぐらいの、輸入会社です。会社は一応「総合商社」と言っていますが、ま、機械を専門にアジアの方に送ってるとこだと思ってください。

この程度の規模ですから、そんなにスゴいエリートなんかいるはずはありません。

そこその大学を出た気のいい男性が多く、それはそれで和気あいあいとした雰囲気なんですね。

ところが今年の四月、神崎《かんざき》さんが大阪支社から移ってきたんです。本社に最初から来なかったのは、彼が阪大出身だからで、もちろん幹部コース一直線の人です。ふつうこういうタイプは、鼻もちならない人が多いんですが、神崎さんはとても明るくて気取りのない人です。そんなにハンサムっていうふうじゃないかもしれないけれど、細い目がセクシーだって言う人もいます。私たちの部では、神崎さんが転勤してきた時、女の子がちょっと騒ぎました。葉子とか明美は、つきあっている彼がいるんですね。だから譲ってあげるわ、なんて言ってたけれど、みんなスキあらばという感じでした。本当。

ところで、ここでものすごいショックなことが起こったのです。私たちの会社には、美保子《みほこ》という、みんなの嫌われ者がいるんですね。

ほら、よくいるじゃないですか。男の社員にはちょっと人気があるけど、女の子には総スカンっていうタイプ。たとえばの話ですけどね、会社の人たちと一緒にお酒を飲みに行くでしょう。するとね、いつもと声まで違ってしまうんですよ。それにね、お嬢さまぶるのがすごくうまいの。

「あ、こんな時間、大変だわ。うちに帰らなきゃ。うちは門限を五分もすぎると大変なの」

なんていうことをシャアシャアと言うんです。女の子たちだけで飲む時は、真夜中でも平気なのに、よくあんなことが言えたものです。

家が杉並《すぎなみ》にあって、一戸建てなのが自慢なんだけれど、借家だっていう噂です。アメリカに留学したって、何かにつけて言うけど、たった一か月の夏期講習ですよ。葉子が言うには、

「あれだけ男をつかまえようっていうエネルギーがあるんだから立派よ。私たちには真似できないわ」

そりゃ、そうかもしれないけど、あの人と噂になったのは、なんと社内だけで五人いるんですよ。

「相談にのっていただきたいの」

っていっちゃ、お酒を一緒に飲むっていう噂です。つまり、典型的な〝サセ子〟なんですね。

それがどうしたことでしょう。神崎さんとつきあっているっていうニュースが流れたんです。「ウソだあ」っていうことになって、私たちお茶の時、さりげなく彼

に尋ねたんですね。そうしたら、とてもいい子だと思う。今はただの仲のいい友だちだけれど、確かに一緒に出かけたことがあるって言うんですね。

うちは社長も専務も奥さんをここで見つけたということで、社内恋愛とか社内結婚をそう嫌がらないところなんですね。だから、彼もすらって言ったと思うんですけど、私たちにとっては大ショックでした。

神崎さんは何も知らないんです。大阪から来たばっかりだから、あの人の悪い噂を何も知らないんです。私たちは、何とかあの女のバケの皮をひんむいてやりたいと思うのですが、そのためにはどうしたらいいのでしょうか。

男女のキビについて、いっぱいいろんな本を書いてらっしゃる先生のことです。なんとかいい解決策を教えてください。

先生、お忙しいところ、おハガキありがとうございました。

でも先生の字って、すごくヘタなんですね。あれで、編集者の人はちゃんと読めるんだろうかと、すごく心配になりました。

それで先生のお答えなんですけど、私たちどうしても納得できません。

「それだけの女を選ぶのは、それだけの男なんです。そう思ってあきらめなさい」

なんて。本当にそうだったら、私もそうだって思います。でも世の中って、そのとおりじゃないから腹が立つんです。

あんなにいい男の人が、どうしてあんな女を……っていうことがしょっちゅう起こるから、私たちは頭に来ちゃう。本当に不思議です。神崎さんって頭もいいし、やさしくてものの道理もわかってる人です。残業を言いつける時も、

「悪いね、急いでるだろうけど」

っていうひと言を忘れません。私たちOLっていうのは、男の人を見る目、すごくシビアなんですよ。会費制の飲み会で、会費以上に飲もうなんてコンタンの男なんか、すぐにチェックします。

そういう私の意地悪な目から見ても、神崎さんっていうのは〝パス〟なんですよね。エリートだから人気があるんじゃなくて、言葉の端々《はしばし》や態度に誠実な人柄がすごくあらわれているんです。

その神崎さんとあの女が、昨夜も渋谷でデートしていたっていう噂をキャッチしました。総務のハイミスで岸田《きしだ》さんっていう人がいるんですが、これがまたすごい情報通なんです。前は私たちのことを、「わが社のおニャン子クラブ」なんて言ってたんですけど、美保子のことに関しては、共同戦線を張ってるっていう感じ。そ

の岸田さんが話してくれたところによると、美保子っていうのは、どうも上田《うえだ》課長と昨年までつきあっていたらしいんですね。

知らない人がごちゃごちゃ出てきてすいません。上田課長っていうのは、三年前にシンガポール支社からもどってきた人です。英語がものすごく出来て、奥さんがスチュワーデス。なんでも学生時代からのつきあいらしいんですけど、この頃夫婦の仲があまりうまくいってないんですって。

私はよく知りませんけど、スチュワーデスって外国に行くでしょ。だからすれ違いが多くって、結構離婚率は高いんですって。

ま、それをいいことに、美保子は上田課長とつきあっていたらしいんです。

「あのコは利口なコだから、妻子もちとつきあってた時は、すごく用心深くしてたわよ。独身とつきあってる時は、わりとオープンにして、華やかな噂をたてるようにしてたけど」

と岸田さんは言います。

ね、先生、私たちは考えたんですけど、美保子がどういう女かっていう証拠を見せつければ、神崎さんもいろんなことがわかるんじゃないでしょうか。私たち、絶対にやります。もう神崎さんに嫌われても構いません。

だってそうでしょう、彼は上役のお古を押しつけられるわけですよ。何も知らないで結婚したら、彼がみんなの笑い者になるわけでしょ。

今夜、みんなで久しぶりにカラオケに行こうっていう話になっているんですね。なぜ木曜日にしたかっていうと、美保子のやつ、木曜日はエアロビクスに行ってるって、皆に吹聴《ふいちょう》してるから、来られないんですよね。いい気味！

葉子も明美も、正義のために言わなきゃいけないって、みなで誓《ちか》い合ったんです。また結果をご報告しますね。

そろそろ、このへんで。さっきからうちの課長がうろちょろしてるんです。実はこの手紙、仕事中に書いてるんですね。でも平気、報告書を書くようなふりをして、時々、ソロバンをはじいたりしてるから。会社の用箋《ようせん》と茶封筒、そんなわけでカンニンしてくださいね。

じゃ、私たちの幸福を祈ってください。さようなら。


手紙が遅くなってすいません。

先生のことですから、さぞかしやきもきなさっていたんじゃありませんでした？

カラオケの後、私たちは原宿のスナックへ行きました。店長と葉子が友だちで、わりと安くしてもらえるんです。神崎さんだけ誘って、他の男連中はうまくまきました。

神崎さんはニコニコして、

「僕一人で、女の子三人っていうのは豪勢だなあ。よし、今日はおごっちゃおう」

なんて言ってるんですよ。そんな彼に、いろんなことを言うのは嫌だったけれど、みなが私の肘をつつくので、私が口火を切りました。

「ねえ、工藤《くどう》さん（美保子のことデス）とおつきあい、まだ続いてるの」

「ああ、おかげさまでうまくいってるよ」

と彼。

「私、こんなこと言いたくないけど、神崎さんのことを思って言うのよ」

と、私はこんな時誰もが言うセリフを口にしました。その後は、もう大悪口大会。女って、ああいう時の言いまわしが実にうまいんですね。

「これ、聞いた話なのよ。でもあの人、悪い噂があまりにも多すぎるような気がするの」

「私たちも見たわけじゃないけど、確かに見たって言い切る人がいるのよ」

絶対に主語は使わないようにして、ほとんど間接話法で言ってる。このごまかし方が、やっぱりすごいと思った、女って。

案の定、神崎さんは不機嫌になって、

「そんな噂だけで、人を判断するのはよくない」

なんて言い出したんですね。

「噂じゃないもーん」

と言ったのは、私たちの中でもいちばん気の強い葉子。

「私たちから見ても、彼女はどうしても好きになれないわ。こんなに同僚から嫌われる女性が、果たして神崎さんのいういい子かしら」

「そうだ、そうだ」と、私と明美は心の中で拍手をしました。同性に好かれない女って、ニセ物だと思うんです。

でも神崎さんって、何て言ったと思います？　このあたり、小説にしたらおもしろいと思うんですけど、実に信じられないことを言ったんです。

「あのコは、可哀想《かわいそう》なコなんだよ」

カワイソー？　私たち三人はきょとんとしました。

「不器用だから、なかなか自分の心を他人にうまく伝えられない。それでよく誤解をうけるんだ」

もう私たちは、すべてのことが馬鹿馬鹿しくなってしまいました。きっと美保子は、そう言ってじとじと泣いたりしているに違いありません。

「こうなったら言うけどさ」

水割りをぐっとあおった葉子が、意を決したように言いました。彼女って、なんと体育大学を出ているんです。教職試験にみんな落ちて、それでうちの会社に入ってきたんですけど、そのせいか気性がちょっと男っぽいところがあるんですね。バスケットを専攻していたから、筋肉もそうついてなくて、顔もわりと可愛いんですけど、とにかく気が強い。

「美保子って、上田課長の女だったのよ。それでもいいわけ」

「えっ」

これには神崎さんもびっくりしたみたいです。

「まさかあ……」

「あら、こんなこと、会社のみんなが知ってることよ。ねーえ」

と葉子が言って、私と明美も「うん」と頷きます。

「それでも、美保子とつきあうっていったら、私たち神崎さんのことを軽蔑するわ！」

これはさすがにきいたみたいです。神崎さんはそのまま黙りこくってしまいました。

そして次の日の朝のことです。ロッカールームに入ったら、美保子がちょうど着替えている最中でした。ピンクの可愛いブラをしてた。この人って、いつも凝《こ》った下着をつけてるなあ、などと私は思いながら、さすがに後ろめたいものがあったので、目をそらしました。

「あんたら……」

彼女の声で目を上げると、すごい形相の女がいました。どうしてまあ、男の人たちは彼女のことを美人だとか、可愛いなんて言うのでしょう。唇なんかぐっとひんまがって、いかにも意地が悪そうです。

「よくもまあ、でたらめばっかり言ったわね」

「なんのことぉ」

彼女がさらに何か言いかけた時、運よく先輩が入ってきました。すると、さっきまで釘みたいに曲がっていた唇が、急にまあるくなって、「おはようございます」です。

その変わり身の早さにあきれながら、私は彼女の得意技はその変わり身の早さだと、しみじみ思いました。

けれど、昨日のことがもう彼女に伝わっているなんて、かなり二人の仲は進んでいるに違いありません。

そして、もっとすごいことが昼休みにもちあがったのです。昼休みに、私たち三人がコーヒーを飲みながら対策を練っていた時です。喫茶店に、神崎さんが入ってくるではありませんか。

「ちょっといいかな……」

空いている席に座りました。なんだかニコニコしています。

「あのことだけど、彼女に確かめたんだ。そしたら泣いてさ、私のこと、信じられないんですかって言うんだ。君たち、なんか誤解してるよ。彼女の話聞いてもさ、上田課長なんかにはまるっきり興味もないってすぐにわかるもの。じゃね」

開いた口がふさがらないっていうのはこのことです。神崎さんが人のいいことを利用して、美保子っていうのは……。私たちはもう許せないっていう感じです。

もしこのまま二人がうまくいけば、この世は神も正義もないっていう感じ。明美なんか、もう生きていくのが馬鹿馬鹿しくなったって言っています。先生、私たちのために、どうかいい知恵をおあたえください。

先生からのおハガキ、みなですぐさま回覧しました。

「私が思うに、神崎さんというのは実証主義者なのでしょう。そういう人には、やはり証拠を見せてやることです。そうすればすべてが変わります」

というところ、さすがだと思います。でも証拠っていうのは、どんなものがあるのでしょうか。美保子が、上田課長にラブレターでも出しているといいんですけど。

これについて、私たちは岸田さんの助けを借りることにしました。岸田さんと上田課長というのは同期の入社なんです。岸田さんは女だから未《いま》だにヒラだけど、(うちの会社、こういうところは、かなり遅れてます)プライベートでは、結構同等の口をききあっているみたいです。

私たちの計画を話したら、岸田さんは「まかせといて」と胸をたたきました。彼が美保子とのことを、ポロッとバラしたのも、この岸田さんになんですね。

岸田さんはさっそく、上田課長を飲みに連れ出したみたい。そして年増《としま》ならではのテクで、うまく聞き出したっていうんですね。

「あのコ、神崎君とうまくいってるみたいね」

と先制パンチをくらわしたら、お酒のピッチが急にすすんだんですって。

「ねえ、あのコから、手紙やプレゼントもらわなかったの」

「ないよ、そんなもの」

としきりに言ってたらしいんだけど、実は、と言って打ちあけたのが、なんでもネクタイピンだっていうんです。そこですんごい事実が展開されたのです。

昨年のクリスマスに、美保子、なんとシャネルのバッグを持ってきたんですね。

「母に買ってもらったの。たまにはおねだりをきいてくれるのよ」

彼女、ああいう時、信じられないほどお嬢ぶるんですが、なんとそれは上田課長からのプレゼントだったんです！

「そのお返しに、彼女がくれたのがこのネクタイピンさ」

って上田課長が見せたのが、キャッツ・アイのピンだそうです。課長がどんなネクタイピンをしてるか、私なんかとても憶えてないけれど、岸田さんは、あのキャッツ・アイのピンは、毎日してるものだと断言します。

「あの人、奥さんとうまくいかなくなってから、ワイシャツもよれってし始めたんだけど、それをごまかすように、わりといいネクタイピンをしてたのよ」

岸田さん、もしかしたら若い頃、上田課長のことを好きだったのかもしれません。彼女、三十五にしちゃ、わりといい線いってるんですよ。

それはともかく、そのキャッツ・アイ、小指の先ほどの小さいものらしいけど、きれいな色をしているみたい。そして、さらにすごいニュース。石の裏側に「愛するYへ、あなたのMより」って彫《ほ》ってあるんですって。

「でもあのコは、それを見られるのを用心して――」

課長ははずして見せたそうですが、そこにちょうどピンの金具がついて隠れているんだと岸田さんは言います。

「おばあちゃまからもらった、大切な石だけどあなたにあげる」

とか言ったそうですが、どこまでお嬢ぶりっ子してるのか……。キャッツ・アイなんて、ふつう若い女の子がつけられないので、オジさんにあげただけの話でしょう。

だけど、証拠はつかみかけてます。頑張ります。この頃社内に、神崎さん婚約のニュースが流れ始めて、本当に腹が立ちます。

先生、私たちの計画を聞いてください。

キャッツ・アイ奪回作戦です。

上着ならなんとかなるのですが、ワイシャツはむずかしい。ふつうに働いてて、ワイシャツを脱ぐなんて機会、まずないですものね。

「お茶をわざとひっかけて、ワイシャツを脱がす」などという案も出たのですが、他の課の私たちが、彼にお茶を汲むなんてことまずありません。その時もグッド・アイデアを出してくれたのは岸田さんです。

「秋の健康診断っていうテがあるじゃない」

なんでも総務が、カードの書き込みのために立ち合うとか。

「なくなったら、私が疑われるかもしれないけど、ま、いいわ」

岸田さんは小さくため息をつきます。

秋の健康診断は四日後です。うまくいくかどうか、先生も祈っててくださいね。


先生、突然、速達が舞い込んだから驚いたでしょう。

この手紙、大急ぎで書いて、朝いちばんで出しました。

岸田さんがネクタイピンを盗み出してきたのは、昨日のことです。近くのカゴに入っていた上田課長のワイシャツから、レントゲンを受けている間に堂々とはずしたそうです。

「騒がないところをみると、誰がとったかわかってるのよ」

と彼女は言います。

そして昨日の夜、私たちは例のスナックへ神崎さんを呼び出しました。

「いっしょに飲みたいから、美保子も誘ってちょうだい」

と言うと、彼はもうほくほく顔です。

「うん、そうするよ。あのコ、気がきかなくて人見知りのところがあるけど、仲よくしてあげてよ」

こんな思い違いも今日までだと思うと、私の胸に喜びがわきあがります。

そして夜の八時すぎ、役者は全部揃いました。アホな美保子は、私たちの前でも神崎さんにべたべたします。青色のスーツなんか着てすかしてますけれど、もうじきベソをかくことになるでしょう。

「ところで、これ、知ってる」

明美がカウンターの上に、キャッツ・アイをころがしました。

「なんだよ、これ」

神崎さんは目をぱちくりしています。

「まてよォ、これ、上田課長がいつもしているネクタイピンじゃないかなあ。うん、そうだ。このあいだエレベーターの中で、しげしげと見たことあるから憶えてる」

美保子の顔はもうまっ青です。

「ねえ、このピンの後ろに、おもしろいものが見えるみたい。ためしてみようか」

葉子は用意していたペンチをとり出します。スナックの照明の下で、キラッと光るそれはいかにも異様な感じですが、私たちは気になりません。もうじき正義が勝つのです。

細工ピンは、思っていたよりも早くはがれました。

「なんだよ、なにをする気だよ」

神崎さんもふつうでない雰囲気を感じとって声を荒らげます。私たちはきっと、へんてこな顔をしていたのでしょう。

「さ、はずれたわ。なんか文字が……」

その時です、美保子の手がさっと伸びたかと思うと、信じられないことが起こったのです。美保子は、葉子の手から石を奪いとるやいなや、ごっくりと呑《の》み込んだのです。

呆然《ぼうぜん》とする私たちの前で、彼女はニッコリと笑いました。泣き笑いみたいな奇妙な顔でした。

その時、私は彼女のことを許したのです。これだけ体を張っている女に、男一人とられてもあたり前だと思ったのです。

それどころか、本当におかしな話ですが、私は感動さえしてしまったのです。それは他の三人も同じらしく、しんとして声ひとつたてません。これはいったいどういうことなんでしょうか。

お久しぶりです。
神崎さんと美保子は正式に婚約しました。それからもうひとつ大ニュース。上田課長が離婚しました。一説によると、岸田さんと結婚するためだということです。なんだか淋しい秋です。よし、私だって恋をするんだ。だから先生も一緒に頑張りましょうね。

# 11
月

## ルージュの伝言

November

私がシャワーを浴びている間に、恭一《きょういち》は眠ってしまったらしい。ベッドの横のテレビがつけっぱなしになっていて、11PMのエンドの音楽が聞こえていた。恭一は少し口を開け、枕《まくら》からはみ出すような格好で寝入っている。

「ちょっと、カゼひくわよ……」

と小声で呼びかけても起きる様子はない。首のあたりまで布団をかけてやると、大きな寝返りをうった。

鼻で何度か大きな息をした。本当に気持ちよさそうだ。

それを見ているうちに、怒りがじわじわと吐き気《はけ》のようにこみ上げていた。私がこれほど苦しんでいるのに、彼はなんの負担も感じないまま、すやすやと寝息をたてている。

「僕、これ以上黙っているのはつらいよ」

と恭一が私に〝告白〟したのは、四日前のことだ。その時どうも、彼は私に悩みをバトンタッチしたらしい。そして私に打ち明けたことを免罪符《めんざいふ》のようにして、今は恋だけを楽しんでいる。それが私にはよくわかる。

だって私たちは十年以上も一緒だったんだもの。


「僕たちは腐《くさ》れ縁《えん》ってやつさ」

恭一は家に友人を連れてくるたびに、必ずそんなことを言った。

「彼女のことは小学生の頃から知ってたんだ。僕たちの学校っていうのは、中等部と高等部は男女別々になるっていう嫌な学校でねえ……」

それから恭一が語るのは、ありふれた青春のワンシーンだ。本当は彼女の友人の方が好きだったのに、先輩に横取りされた。そのうちグループで映画を観に行くようになって、きっかけは初めて二人きりで出かけた、外国人ミュージシャンのコンサートだ。

「大学の時は、さすがに別れようと何度も思ったけど……な」

恭一は振り返って私の方を見る時もある。本当にそうだった。大学二年の時、私はある国立大の学生と婚約寸前まで行ったことがあるのだ。小学校から、金持ちの子どもが集まるところとされている学園へ通い、右を向いても左を向いても似たような連中ばかりという私にとって、彼の出現は新鮮だった。その男は、私に本を読むことを教え、簡潔に生きることを説いた。

「君はね、君の気づいていないキラキラしたものがいっぱいあるんだよ。このままだと、他の女の子たちみたいに、綺麗だけど頭がカラっぽになってしまう」

西武《せいぶ》線の電車の音が響く彼のアパートで、髪を撫でられながらそんな言葉を聞くと、私はうっとりとなってしまった。その後、コンロが一つしかない台所で、夜食のスパゲティをつくるのも楽しかった。

「絵美《えみ》って、変わったのとつき合ってるう。でもビンボーって、すぐに飽きちゃうと思うけどなあ……」と礼子《れいこ》や佐和《さわ》にからかわれても平気だった。

「ま、その男に夢中になっててもいいけど、恭一のことはどうするのよぉ」

「恭一かあ……」

その時の私にとって、恭一はわずらわしいような、失《な》くしたくない大切なもののような、中途半端な存在だったと思う。私が校門前の喫茶店や、六本木のディスコへ行かなくなったのは、その男とのことで忙しいこともあったけれど、恭一と顔を合わせたくなかったからだ。

私はそう遊び人というほどでもなかったが、ごく子どもの頃から、にぎやかな場所に出入りしていた。

「絵美ちゃん、元気」

「絵美ちゃん、今日は恭一と一緒じゃないの」

などと声をかけてくる仲間もいっぱいいる。そういう連中を避けているうちに、私は他人から指摘されるほど変わっていったようだ。

「最近の絵美ってヘンよ。マニキュアもしてないし、ピアスもやめた。男次第で、女ってこんなにジミになっちゃうものなの」

ものごとをわりとズバズバ言う佐和は、何度もあきれたように私を見た。

それほど好きだった男なのに、いつのまにかうまくいかないようになったのは、最後のところで私が逃げたからだ。男のナイフとフォークの使い方とか、シャツの趣味とか、あれっと思うことはそれまでも何度もあった。

けれど決定的なのは、やはりあの日の出来事だろう。

男と私は六本木のウェイブで映画を観た帰りだった。夕食を食べようということになった時、私は北青山《きたあおやま》の「セラピア」を主張した。どうしてあそこに行こうなどと思ったのか、未《いま》だにわからない。

深夜までやっているイタリア料理店で、芸能人や有名人が集まるので有名なところだ。いざとなればツッぱる私たちのグループも、ちょっと気を遣った店だった。

私は階段を降り、重たいガラスドアを押した。

「二人？　席空いてるかしら」

私たちが通されたのは、通路に近い、大きな柱の陰だった。高校時代、ジーンズで行っても、こんなひどい場所に座らされたことはなかった。

「カッコいい店だね、まるでイタリアの中世の城みたいなつくりになってる。ね、後ろの席にいるの、タレントの伊藤美菜子《いとうみなこ》じゃないのかなあ」

無邪気にあたりを見まわす男が、私にはうとましかった。そしてその時、私は目の前にいる男と恭一とを、頭の中ですり替えてしまったのだ。

恭一と一緒ならば、どうなっただろうか。

たぶん、この大柄なヘッド・ウェイターは、私と恭一をいちばん奥の上席に導いていったに違いない。

恭一は子どもの頃から、この店で夕ご飯を食べていたのだ。

恭一のパパは、有名な服飾評論家でよくテレビにも出たりしている。恭一に言わせると、テレビの出演料や原稿料などというのは、タカが知れていて、一家が贅沢な生活ができるのは、ひとえに実業家だった祖父の遺産によるものだという。

「借家やいろんなもんでね、親父《おやじ》が食べるに困らないものは用意してから死んでったよ。たぶん見抜いていたんじゃないかな。親父がまるっきり生活力のない人間だっていうことをさ」

服飾評論家というのも、死んでも勤めたくないという恭一のパパの苦肉の策だそうだ。

そんな親父と僕はそっくりと、よく恭一は言うけれど、私はむしろ母親の方に似ているような気がする。似た者同士とはよく言ったものだが、白樺派《しらかばは》の画家の末娘に生まれたという恭一のママは、ほがらかなところも、やや神経質なところも夫にそっくりだ。

「ねえ、絵美さん。うちの息子みたいなぐうたらなのが、結婚相手にはいちばんいいのよ。少なくとも、うちのコは、自分がバカだってよく知っているから。最近は年々そういうのが減って、これでも貴重なのよ」

つき合いはじめた高校生の私に向かって、こんなことまで言ったので、私はずいぶんめんくらってしまったものだ。

恭一に言わせると、このお母さんは母親としては失格で、料理がまるっきりヘタだという。

「家政婦さんが休みの日曜日にたまになにかつくるだろ。するとたいてい焦《こ》がすか、しょっぱいんだよね。だから結局は『セラピア』で親子三人ご飯を食べることになるわけ」

けれど私はこのお母さんが好きだった。プロの画家として、何回も個展を開いているし、スキーの名手だ……。

そんなことを思い出しながら食べた仔牛のカツレツやスパゲティは、まるっきりおいしくなかった。そして私は次第に、男がうとましくなっていくのだ。

そしていろんなことがあった。インテリで穏やかな男と思い込んでいた国立大生が、私を殴ったこともあるし、台風の晩に恭一がうちの玄関に立っていたこともある。

「やっぱり、僕は絵美のことがあきらめられない。あの男と闘《たたか》えって言われれば、僕はきっと闘うよ。そしてきっと勝つよ」

こんな言い方をすると正確でないと言われそうだが、気づいたら本当に、私と恭一は結婚していた。

もちろん長い時間をかけて、彼のことをやっと理解できたということが、私たちが結ばれた大きな原因だろう。けれど私はもうひとつ、私自身の中にある小さなあきらめというのを挙《あ》げたい。

どんなに冒険をしてみようとしても、結局は、私という女は、自分の知らない世間へ翔《と》び立つのが嫌なのだ。

友人も、環境も変えないままに、結婚という生活をスタートさせたい。娘時代の延長のような気楽なものにしたい。そして私のこの希《のぞ》みはほぼかなったといってもいいだろう。私と恭一とは、二十四歳の若い夫婦で、しかも幼なじみなのだ。友人も思い出も、みんな共有していた。

「あつしちゃんって、本当に礼子と結婚する気あるのかしら」と私が問えば、それはそのまま夫婦の会話になった。

住居は恭一のお父さんが持っていた、本郷《ほんごう》のマンションを使わせてもらうことになった。

嫁入り道具のひとつとして、私の父が内装費を持つことになり、インテリアを任せてもらえた喜び。

婚約中、私は住宅雑誌ばかり見ているといって、恭一からよく笑われたものである。私は少なくとも不幸ではなかった。そうかといって、幸福かと問われれば困ってしまう。私は生まれてからずっとこの調子でやってきた。

結婚をしたからといって、急に変わったことなど何もない。

こう尋ねてくれればいいのに。

「もの心ついてから、不幸なことなんか何も無かったでしょう」

そうなのよ、と私は答えるはずだ。不幸ということもわかっていないから、幸福もわかっていないのだ。このままずっと、プチブルの妻として、そう強い感情を持たないままに一生を幸福にすごしていくだろうと思っていた私に、恭一は突然告白したのだった。


「好きな女性がいるんだよ」

最初は意味がわからなかった。もしかすると、会社の女の子の中で、恭一が気に入ったコがいるのかもしれない。

「ううん、会社の女じゃないよ。そういうんじゃなくて、僕はいまある女の子とつき合っているんだ。黙っているのは、君をもっと裏切るような気がするから……」

恭一は話し出した。青山で飲んでいた時、友人の一人——私にはその名前を教えてくれなかった——が、突然従妹《いとこ》を呼び出そうと言い出した。

昨年上智を出て、エアフランスか、ルフトハンザか、どっちだったかな、とにかくグランドホステスをやってるんだ。わりとおもしろいコでさ。呼んでみようか。

ようし、やれ、やれ、といちばん喜んだのは恭一で、そのはずみがついたまま、女の子が来てからもいちばん喋ったという。

「そして、何回か食事をしたりしてるうちに……なんかおかしな気分になっちゃったんだよなあ……」

「わかったわよ」私は怒鳴った。

「それで、その女と結婚したいの。一緒になりたいんだったら、私、考えてあげてもいいのよ」

「とんでもない……」恭一は心底驚いたように、ソファの腰をうかした。

「そんなこと、考えたこともないよ。ただ僕は、絵美をだまし続けるなんてことができなかったんだよ」

ここで恭一は顔をしかめた。

「だから正直に、絵美に話してるんじゃないか」

けれども恭一は、そう正直ではない。恋をしている男の心のはずみを、必死で隠そうとしていた。私にはすぐわかる。本当のことを言えば、他の女を好きになったからといって彼は何も悪いことをしたと思っていないに違いない。

自分にもまだ恋をする権利がある。恭一はそう言いたいところをじっとこらえ、

「君をだましたくない」

などと言っているのだ。

それが証拠には、この安らかな寝顔はどうだろう。

自分の浮気を口にして謝ったら、もうそれですべては許されると思っている。そんな呑気《のんき》さが本当に憎らしかった。

あかりを消して、ベッドに横になっても、私はなかなか眠れなかった。

「やっぱり、明日うちに帰ろう」

それがいちばんいいような気がしてきた。家中でいちばん日あたりのいい十畳を、長い間私が使っていたが、弟がとってしまった。けれどまだ、私一人ぐらい、住まわせてくれるところはあるだろう。そこで私は、しばらく静かにすごしてみたい。

たぶん、恭一はすぐに迎えに来るはずだ。

「お願いだよ、もどって来てくれよ」

と、男にしては長すぎる睫をしばたかせながら言うだろう。

「きっと、あのコとは別れるよ」

そんなことはできるはずがない。だいいち、彼は悪いことをしているつもりはないのだから。

そこで私の母がヒステリックに言うかもしれない。

「恭ちゃん、どういうことなの。新婚一年で浮気をするなんて、きいたこともない話よ」

父もしぶい顔をするだろう。恭一には話していないが、私たちの結婚は、父が難色を示していたのだ。

「絵美のようなわがままな娘には、もっと年上の男がいいんだ」

などと言って、すんでのところで私は父の部下と見合いをさせられるところだった。そんな父に、恭一のことを聞かせたくない。

やがてこれほど先のことが見えてきたのに、実家に帰るというのも、だんだんつらくなってきた。

そうなのだ、うちに帰ると、ものごとすべてがパターン化されてしまう。私の両親がしゃしゃり出て、自分たちが調停しようとする。そうしたら、いつまでたっても私たちは幼い夫と妻のままだ。

それだったらいっそ友人に相談してみようか。

自分でも驚くことに、私はこの件についてまだひとことも礼子たちに話していない。つい電話に手が伸びることもあるが、私はそれをこらえた。

恭一と私は、クラスの中でいちばん早く結婚したカップルなのだ。何組もの恋人たちが在学中に別れているというのに、私たちだけが愛を貫いた、ということになっている。

私には見栄《みえ》も自尊心もあって、こういう美しい伝統にケチをつけられるのは嫌なのだ。


夜明け頃に、私は少しうつらうつらしたらしい。けれども明け方にはすっかり目が覚めていた。恭一が目覚ましで起き、洗面所に行くのがわかった。けれども私は知らん顔をしていた。しばらくして、コーヒーのにおいが漂い始めたと思うと、恭一がドアを閉める音がした。

私はそれから七時間近くふて寝をしたことになる。なにか嫌なことがあると、まずベッドに入り、うつらうつら横たわっていろんなことを考えるのは私の癖だった。けれど十二月の陽ざしは、私のそういう怠惰《たいだ》さを許してはくれない。まだ四時をすぎたばかりだというのに、あたりは薄暗くなり、早く台所に行けと私をせかす。

「どうして、こんなことになっちゃったんだろう」

やっかいなことになったと思った。なにがやっかいだといっても、結婚したとたん、私は急に恭一よりもはるかに思慮深く、慎重になってしまったようなのだ。実家に帰ったり、友人に相談することが、どんな結果を招くか、すぐにわかってしまう。大人になった分だけ私は孤独だった。いろんな悩みを、自分で解決しなければならない時が来ていた。

私はのろのろとバスルームに入り、シャワーを浴びようとした。頭の中がごちゃごちゃになると、熱い湯を浴びるのも私の癖だった。白いタイルに、何匹かの馬が描かれている。これは恭一のママが、結婚祝いに筆を動かしてくれたものだ。

それをぼんやりと眺めていた時、突然私の中にひらめくものがあった。

「そうだ。恭一のママにすべてを話してみよう」

目立ち始めた白髪を茶に染めた、あの明るい女の人に、私はさまざまなことを聞いてもらおう。あの人がどれほど親切にしてくれるか、私がどれほど素直になれるか、まだよくわからない。けれど恭一の母親の胸に飛び込んでいくというのは、我ながらすごいアイデアだと思った。

婦人雑誌には書いてあるかもしれないが、実践するにはすごい勇気がいる。

私はいま、ずるいことをしようとしている。男の浮気を告発するために、男の母親のところへ行く。これで恭一はグーの根も出なくなるに違いない。

私は彼の恐怖感をさらに高めるために、いちばん赤い口紅を使って、鏡に書いた。

「浮気な恋をあきらめないかぎり、家には帰らないわよ」

わざと蓮《はす》っ葉《ぱ》な口調にしたのは、少し余裕をもたせるためだ。

私はコートをはおり、フェルトの帽子をかぶった。たぶん恭一のママは言うだろう。

「絵美ちゃん、私の馬鹿な息子はほっておきなさい」

「でも、そんなわけにはいきません。私たち、好き合って結婚したんですから」

「ああ、恭一って、こんなにいいお嫁さんを哀《かな》しいめにあわせて。いいわ、私からちゃんと叱っておくわ」

きっとつまんないお芝居が始まるんだろうなあ。けれど——と私は思った。

男と暮らすとか、人生って、きっとお芝居みたいなものなんだろうなあ。

初めて訪れる空《むな》しさという感情は、ちょうど十一月の舗道のようだった。私はそれを感じまいと、わざと元気よくドアを閉めた。

まだ知らなくてもいいものは、知らん顔をしていようと、心に誓った。

# 12月

## クリスマス・ツリー

December

私には夢があった。

とてもありきたりの夢で、口にするのは恥ずかしいのだけれど、それはイヴの夜を彼と二人きりですごすこと。

よく雑誌を見ると、その夜は素敵なレストランに行こうとか、彼にねだって一流ホテルに泊まろうとか書いてある。これをつくっている人たちって、私のように恋人のいない女の子が、これをどう読むかっていうことを、一度でも考えたことがあるのかしら。

その夜、私はどうすごせばいいのだろう。街はたぶん恋人たちだらけになる。レストランもカフェもいっぱいになる。その中で、ひとりぼっちですごすことを考えると、悲しいよりも恐怖に近い感情がわいてくる私だ。

もしイヴの夜を誰かとすごせるのならば、何をひきかえにしてもいい。本当に私はそう思うのだった。

パックをしている最中に、電話が鳴った。

もし、河西《かさい》君からだったら、すぐにはがすつもりだったけれど、受話器から流れてきたのは、いつもの美季《みき》の声だ。

「あらっ……、元気ィ……」

あまり口を動かさないようにしたので、もごもごと聞こえたらしい。

「なによ、あんた何か食べてるんでしょ」

「違うー、パックしてんのよおぅ！」

「ま、贅沢しちゃってぇ。若いうちにそんなもん使うと、おばさんになってからすることないよ」

一年浪人している美季は時々年上めいたことを言う。

今年の四月、たまたま入学式の席が隣だったことからすっかり仲よくなった友人だ。私たちの学校は、女子大の中では、案外名門の部類に入る。お嬢さま学校として伝統があるか、頭の方で自信があるかどうかで分れるが、うちは後者の方だろう。

国立を軽くパスできるぐらいの能力がないと入学はむずかしい。だから地方の秀才タイプの学生が多かった。

その中にあって、横浜育ちの美季はちょっと異質な存在だ。行きつけのディスコとかバーを何軒かすでに持っていて、私たち同級生はおっかなびっくり彼女に連れていってもらったものだ。

ああいうところが好きかどうか、私にはよくわからない。少なくとも故郷にあったディスコなんかとはまるっきり違う。本当のことを言えば私は〝常連〟になりたくて、しばらく一生懸命通っていたことがある。けれども長くは続かなかった。

うちは授業が厳しいので有名なのだ。おまけに私は大学の近くに下宿していたので、六本木に出てくるまで一時間半かかる。美季に言わせると、「ワルくなれる素質が皆無」の私は、また地味な女子大生にもどってしまったというわけだ。

「でも今度はうまくいきそうじゃない」

電話の美季は、ふふふと低く笑った。

「パックなんかしているところを見るとさ」

「そんなんじゃないわ」

あわてて叫んだはずみに、下半分のパックがゆるんだのがわかった。それで私は仕方なくはがす。

「夏につくったソバカスが、まるっきり治《なお》らないのよ。それで今日、化粧品売場にマニキュア買いに行った時、ちょっと相談したらさ、新製品とかっていうのを買わされちゃったわけ」

「あのね、ああいうとこの化粧部員って、あんたみたいな田舎娘《いなかむすめ》に、ものを買わせるのって朝メシ前なのよ」

「悪かったわね」

私はかなり本気で腹を立てた。前はそう気にならなかったのだが、この頃の私は、その言葉がとがって耳に入る。

「そんなに怒らなくたっていいじゃないの」

私の見幕《けんまく》に気づいたらしく、美季は声の調子をがらっと変えた。

「そういう由美《ゆみ》ちゃんの純なところが、河西君はお気に入りなんだからさぁ……」

「うまいこと言っちゃってぇ」

白いパックの下の私の頬が、ぽっと赤くなったのが自分でもわかった。

河西史郎《しろう》、慶応の二年生。そしてもしかすると、私の恋人になるかもしれない人。

河西君たちのグループと合コンしたのは、もう二か月ほど前になる。十月になってすぐの土曜日だ。それまでにも何回となく、こういう集まりはあったのだが、あまりうまくいかなかった。

ひどいレベルの男の子だったりすると、

「何であんなのとつき合わなきゃいけないの」

とみなはぶうぶう言ったが、その反対にひどく遊び慣れた男の子だと、それはそれで不安になった。

「なんだか信用できないような気がする」

と慶子《けいこ》が言ったら、美季は大きな声で笑ったっけ。

「そんなことばっかり言ってたら、永遠に男の子とつきあえないわよ。最初から東京の、もちろん車を持ってる男の子にあたるなんて、ずいぶんラッキーだと思うけどね」

美季は、グループの他のメンバー、慶子だとかゆかりとか私の恋人を早く見つけてやろうとしているところがあった。彼女はブランドものもちゃんと着こなし、髪はしょっちゅう美容院に行ったりと、まあ、うちの学校の中ではひどく目立つ。もちろんつきあっている男の子が何人もいた。都会育ちの彼女は友だちも多く、地方出身の私たちのために、しょっちゅう合コンの相手を探し出してくれるのだ。

「もう文句ばっかり言ってると、めんどうみないわよ」

などと言うくせに、それでもまめにいろんな集まりをセッティングしてくれた。そしてその中に河西君がいたのだ。

今までは合コンの後、せいぜい一回きりのデートしかしなかったのに、彼とはずうっと会っている。

おかしな言い方かもしれないけれど、どうして彼とつきあうようになったかというと、そうハンサムでもなくて、そうおしゃれでもないところが私は気に入ったのだ。そうかといって、ダサくも、みっともなくもない。東京の男の子としては、平均点というところに私は安心した。

だってとりあえず恋人らしき男の子を見つけないことには、なんにもできないんだもの。私はもう十九歳だ。理想の恋人なんか待っていたら、おバアさんになってしまう。

一応、ステディな彼は河西君ということにして、もっと素敵な人が現れるのをじっくり待とう。そう思ったら、気持ちがずっとラクになった私だ。

「そうよねぇ。やっぱり彼がいるのといないのとじゃ、毎日がまるっきり違うものねぇ。やっぱり河西君程度でも、いた方がいいよ」

美季は電話で何度も頷く。〝程度〟と言われて、私のパックは、すっかりはがれ落ちていた。

「それで明日のことなんだけどさ、慶子が試写会の切符をもらったんだって。由美も一緒に行かない」

「ダメ。明日はデ・イ・ト」

私は最後の言葉をリズムをつけて言う。このためにも、やっぱり恋人は必要なんだ。

「ふーん。それでパックね。ご苦労さんのこった」

美季の言葉で、私はさっきの嘘がバレてしまったような気がした。

「でもソバカスが気になってたのはホントよ。それでたまたまパックを今日、買ったのよ」

「わかった、わかった」

そして美季はまた低く笑う。

「それよりもさ、明日、彼にホテル誘われた時のために、からだも磨いといたら」

「フンだ」

私はわざと乱暴に電話を切ってやった。美季は私がまだバージンのことを、よくからかいの種《たね》にするのだ。

私は別にそれを大切に守ろうとかいう主義主張を持っていたわけでもないのだが、たまたまチャンスがなかった。高校は女子校だったたし、あの頃、私はとにかく勉強ばかりしていたのだ。

いざ東京で独り暮らしを始めたものの、相手は現れてくれない。何度かあぶないこともあったけれど、私はそのたびに「ちょっと違うな」といつも思ってしまう。やっぱり最初はそれなりの人としてみたいような気がする。

そしてその相手が河西君かどうかということで、私はまた考えてしまう。彼のことは嫌いじゃないし、これからもつきあっていくつもりだ。だけど彼とベッドに入ることを想像しても、いまひとつピンとこない。

友だちは、初めての男は、そう好きじゃない方がいいというけれど、いったいどうなのだろうか。


私たちは新宿で会うことが多い。渋谷にも行くけれど、新宿の方が帰り道、便利なので、できるだけこっちにしてもらっている。

西口のビルに、スパゲティのおいしい店ができたということで、河西君と二人で歩く。彼は車を持っていない。

「うちのはいつも兄貴に使われちゃうんだ」

と言いわけめいたことをよく言う。彼のお兄さんもやっぱり慶大生だ。けれども、留年しているから二十四歳でまだ四年生をやっているのだそうだ。

「うちはふつうのサラリーマンだろう。本当に冗談じゃないぜって、親父はいつも怒ってる」

そんなことを言う時の河西君は、私のとても近くにいる。世間じゃとおりのいい女子大に通っているというものの、私も地方公務員の娘だ。もしかすると私たちは、とても似合いのカップルかもしれない。そんなことを思うと、私の胸はとてもあったかくなる。

河西君の連れていってくれたお店は、とてもおいしかった。私たちはハウス・ワインを飲み、彼はあさり、私はベーコンとホワイトソースのスパゲティを食べた。

「これ、とっても好き」

私が言うと、河西君はにっこりと笑う。目が細くて、肌がちょっとぼこぼこしてるけれど、こんな時の彼はとてもかわいい。

「いけるだろ。僕、絶対に由美ちゃんを誘おうと思ってたんだ」

「うれしいわ。私、パスタ類って目がないのよ」

帰り道、京王プラザの歩道橋のところで、彼は私にキスをした。彼とキスをしたのはこれで四回目だけれど、そのたびごとに時間が長くなっていくみたい。

舌をちょっぴり入れてきた時、さっきのあさりスパゲティのニンニクのにおいがかすかにした。

夜の西口の街は、まるでニューヨークみたいだ。行ったことはないけれど、ニューヨークみたいだと思う。超高層のホテルの、ほとんどの窓にあかりがついている。車は何台も通りすぎる。それなのに人影はない。

「由美ちゃんって、本当にかわいいな……」

河西君が私の髪の毛を撫で始めた時、私はさっきからずっと心配していたことを、思いきって口にした。

「ねえ、イヴ、どうするの」

「イヴって……。ああ、クリスマスのことか」

「そう、イヴ、河西君はもう予定が入ってるの」

「うーん」

河西君はうなった。本当に困っているようだった。

「たぶん、クラブでどこかへ行くんじゃないかな。みんなでパーティーだよ。毎年そうだもの」

それは嘘だと思った。もしそれが真実だとしても、私をパーティーに誘ってくれないなんてことがあるだろうか。

「去年も確か、ディスコかどっかでパーティーしたんだよ。そう、思い出したよ」

河西君の手が、コートの中の私の胸にのびてくる。それを条件に、私はもっと強く聞いてみることにした。でもイヴの日のことを尋ねるというのは、女の子としてなんて勇気がいることなんだろう。

「でも、その前か後はヒマでしょう」

「わかんないなぁ」

「私、イヴの夜を河西君とすごしたい。だって私たちにとって初めてのクリスマスじゃない」

言ったとたん、涙がこぼれそうになった。やっぱり河西君にとって私はただのガールフレンドの一人にすぎないんだ。恋人だとしたら、イヴの夜のことは、とうに彼の方から言い出してくれるはずだ。

「私もいろんな約束を迫られているのよ」

彼が黙っているので、私は居たたまれなくなり、こんな強がりを言った。

「みんな、早く返事をちょうだいって。私もいろいろ都合があるの。河西君にフラれたら……」

私はわざと明るく言う。

「他の人とどこかへ行かなきゃならないし。だってイヴってそういうものでしょ」

「わかったよ」

しばらくしてから、河西君は言った。

「クラブのパーティー、抜けられるかどうか、僕、調べてみるよ」


私はそれからイヴのことばかり考えてすごした。それは私にとって、賭けみたいなものだったと思う。

もし河西君が私とイヴをすごしてくれれば、その時から彼は私の恋人になるのだ。もしそうでなかったら、私は彼に弄ばれているということになる。

「弄ばれる」自分でも古くさい言葉だなと苦笑いをしているうちに、ジングルベルはあちらこちらからいっぺんに聞こえ始めた。

私は暮れのバーゲンで、黒いワンピースを一枚買った。アクセサリー次第では、パーティードレスにもなるやつだ。それでもまだ電話はかかってこない。

「神さま――」

私は祈った。

「その日はあなたのお誕生日を心から祝福します。決してうわついた心じゃありません。だから、ひとりぼっちのクリスマスだけはイヤ。どうか私を助けてください」

「きよしこの夜」のメロディを聞いていると、誰でも信仰深くなるみたいだ。

そして彼から電話がかかってきたのは、二十二日の夜だった。

「あさってのイヴだけどさあ……」

彼はここで言葉を区切った。

「ちょっと遅くなってもいいかなぁ」

「いい、いい。私、かまわない」

みっともないほど、私の声ははずんでいたと思う。

「だからさ、先に部屋に入って、待っててくれない？」

「部屋って……」

「ホテルの部屋で乾杯しようよ」

河西君はものすごい早口で言った。

「西口の、あのスパゲティ食べたホテルで、イヴのお祝いしよう。夜景がすごく綺麗だよ」

そして私は断わらなかった。

河西君の言うとおり、ホテルの窓から見る夜景は美しかった。

あかりがライトみたいについてる、のっぽのビルたち。今夜はどのホテルも満員らしい。さっき通ってきたロビーも、若いカップルが何組もうろうろしていたっけ。

私は買ったばかりの黒いワンピースに、イミテーションのネックレスをつけた。

とても迷ったあげく、私は真新しい下着をつけた。

夏にパルコのバーゲンで買ったブランド物だ。真珠色がとても可愛い。

〝その日〟のために、私が用意していたものだ。だけど想像していたようなことは、何も起こらない。

ドキドキもしないし、幸せで胸がいっぱいにもならない。今の私をここにいさせるものは、

「彼とイヴをすごす」

という事実だけなのだ。

部屋に流れていた、軽快な音楽がぴたっとやんだ。

「ただいまの曲は、『ママがサンタにキスをした』でした」

ＦＭからは、こんな歌ばかり流れている。おそらくひと晩じゅう、クリスマス・ソ

ングをかけ続けるのだろう。

そうよ、これをひとりアパートの部屋で聞くよりずっとマシよ――。

私はもう一度窓を眺める。ビルは一瞬、巨大なクリスマス・ツリーのように見えた。イヴとひきかえに、自分を捧げる夜。私は本当は、河西君なんか少しも愛していない。抱かれたくもない。だけどひとりぼっちで今夜をすごすのだけはいや。

いつのまにか、部屋は賛美歌で満たされていた。私はごく自然に、両手を組んだ。もし神さまがいるとしたら、こんな愚かな娘でもきっと許してくださるに違いないと私は思った。

# 解　説——女の子の解放と肯定

山内マリコ

若いころの失恋は、通過儀礼になぞらえられる。それまでの自分を否定されるような決定的な経験をしてはじめて、人は大きく成長するということだろう。たしかに、ある程度若いうちに手痛い失恋を経験することは、大人になるための重要なプロセスだ。それまでわがまま放題に親を手こずらせ、自分が人に受け容れられるのは当然と思ってきたならなおさら。世界は思い通りにはいかず、自分は拒否されることもあるという苦い経験を通して、他者から見た自分の程度を知ることになり、それはそのまま「身の程を知る」ことにつながっていく。だから失恋したことがないというのは、ちょっとした自慢にはなるかもしれないけど、自分が受け容れられるやさしい世界にとどまりつづけているということを意味する。やさしいとは、安易なってこと。

そんなの、いかにも幼稚で脆弱《ぜいじゃく》だ。やはり人生の早い段階で失恋を経験することは、長い目で見ればそう悪いものではないんじゃないかと思う。たとえ死にたくなるような、手ひどいものであっても。

　本作ではタイトルそのままに、十二ヶ月にわたって「失恋」の物語が紡がれていく。主人公たちはみな若く、八〇年代の東京を実に危なっかしく生きている。

　たとえば『3月　卒業』の久美は、入学した大学が〝田舎キャンパス〟だったという罠にさっそくはまっている。地方出身者の彼女のように、東京の大学に通えることだけで舞い上がってしまい、いざ上京してみたら「新宿へ出るにも一時間以上かかる」へんぴな場所だった、という話はけっこうある。そんななにもない場所に押し込められた大学生にとって、「手っとり早くて、いちばん楽しいレジャー」といったら、もちろん恋。田舎キャンパスの近くで一人暮らししている学生の、やたらと同棲しがちな習性には、わたしも身に覚えがある。地方から大学で都会に出たつもりが、地元よりはるかに田舎の学校に閉じ込められたクチだ。当時はありとあらゆるカップルが、半同棲みたいなグズグズした恋愛をしていたっけ。

　初体験の相手とあれよあれよという間に一緒に住むようになった久美は、やはり地方出身の友人、朝子から教わったとおり、大学を卒業したらすっぱり別れましょうと「同棲契約」を結ぶが、それが仇《あだ》となって手痛い別れを味わうことになるのだ。「都会の女の真似をして、すべてを割り切ろうとした。ドライに生きているふりをした」久美の経験は、通過儀礼としての失恋の、王道といっていいかもしれない。背伸びをしたり、人の言葉に惑わされたり。数々の〝なんか違うな〟という経験を経て、人は自分に辿り着くんだろう。そして久美のような一人暮らしの大学生の生態は、いまもほとんど変わっていないと思われる。

そういう時代を問わない作品もあれば、思い切りバブルの華やかさを味わわせてくれる作品もある。『5月　ゴールデン・ウィーク』では、「円高はありがたいよな、五日間のグアム旅行が七万円でできるんだってさ」なんてうらやましすぎる言葉も飛び出すとおり、好景気の恩恵を享受した若い男女が、グアムへと飛び立つ。

ところが最初から雲行きが怪しい。言葉の通じない海外で、彼氏のかっこ悪さがことごとく露呈してしまうのだ。

「この南の島を出れば、元の気持ちになれるだろうか。それともこれは気の迷いでなく、邦男の本来の姿なのだろうか」

普段いばっている人ほど、テリトリーの外に出されると案外頼りなかったりするもの。己の無知を横柄な態度でごまかそうとする男性特有の強がりに、みじめさを感じる女の子の心情がストレートに描かれて、読んでいるこちらまでいたたまれない気持ちになってくる。

恋愛事情は多分に経済状況に左右されるけれど、結婚に関する女性の焦りだけは、当時もいまもほとんど変わっていないことがわかるのが、『1月　帰省』。田舎の実家に彼氏を呼ぶ呼ばないの駆け引きが、コミカルかつシリアスに描かれ、初期林先生のエッセンスが凝縮された一編だ。オシャレな東京暮らしが長くなった主人公は、センス皆無の実家のディテール（農協のカレンダーや木彫の熊の置き物）に苛立《いらだ》ちつつ、「男に自分の実家を見せるのは、裸をさらすのと同じぐらいの勇気がいる」「だから、ひとたびこれを見た男は、もう逃れることは許されないのだ」。そんな覚悟をしながら罠にはめる気満々で、遊びに来てよと恋人に迫る。その必死さと、家族ののん気な年末描写の対比が、なんともいえず可笑《おか》しくキュンとくる。

自分の恋人が年下の女の子から熱烈ラブコールを受け、やきもきさせられる『2月　バレンタイン』、女の子同士の友情の隙間に美醜の優劣という格差を男子が持ち込む『8月　オキナワ』、同僚の不倫の過去を暴く過程を、ファンレターの形で執拗《しつよう》に書いた『10月　つるべ落としのキャッツ・アイ』など、女の子が持つ黒い感情を正面から描いた作品も多いが、なかでも白眉が『4月　エープリル・フール』だろう。

母となった女子グループの間で、かつて噂話のターゲットにしていた同級生「尾高裕美」の醜聞が持ち上がるやいなや、彼女たちはとてつもない熱意でもってその拡散に燃え上がる。いまでいう鬼女板（2ちゃんねるの既婚女性用掲示板）の祭り（スレッドが爆発的に盛り上がっている状態）を連想させるが、ツールが手紙であること、上辺の物言いがどこまでも上品であることが、内容を余計にドス黒く光らせている。一読すると毛色の違いに戸惑うが、これが「失恋」をテーマにした作品集ということを思い出したとたん、「あっ！」と得心がいった。誰に対する失恋を描いているのか。彼女たちはいったい誰に恋をしていたのか。

その答えはそのまま、女の内面の複雑さをあぶり出す。女性が同性に抱く嫉妬や憎しみは――とりわけ十代のころの強烈な感情は――ときとして一筋縄ではいかないのだ。あの感情の裏側にあったのは、もしかしたら、恋に近い感情だったのかも。

読後の余韻は青春の苦さを伴って、ずしりと後を引く名編となっている。

きらきらした都会に憧れて上京した女の子を描くと、右に出る者はいない林先生だが、都会のプチブル層の結婚を描く『11月　ルージュの伝言』は、ユーミンの同名曲をモチーフに、目をみはるような完成度の本歌取りとなっている。金持ちの子供が集まるエスカレーター式の私立校育ちの絵美が結婚相手に選んだのは、自分と同じ世界に育った、幼なじみの恭一だった。

都会の狭い金持ちコミュニティに生きる恭一は、結婚一年目にして悪気なく浮気を告白し、まるでこれから先も好きなように外で女と関係を持つことを、容認しろと言わんばかりの態度である。

「私は少なくとも不幸ではなかった。そうかといって、幸福かと問われれば困ってしまう。私は生まれてからずっとこの調子でやってきた。（中略）不幸ということもわかっていないから、幸福もわかっていないのだ」

生まれながらに満たされた人間だからこその虚無感や諦観。こういう出自の女の子が、どこか突き放した視点を自分自身に向けているのに、ハッとさせられた。

地方出身者と都会育ちのアイデンティティは、確実に、根本的に違う。こちら側から見ると、彼女たちはときどき驚くほどクールで、『1月　帰省』の恵子のような、わびしいものに対する感受性の襞《ひだ》や羞恥のバリエーションが、ないんじゃないかと思うことがあるのだ。

そこへいくと林先生は、地方の女の子と都会の女の子、その両方の個性を、意識的に、そしてこの上なく巧みに描き分けていることがわかる。絵美の乾いた心性もまた、東京の――それもうんと上流社会をフィールドにする、林先生ならではの描写が冴え、大きな読みどころとなっている。

周りが見えていないようでいて、実はなんだって見抜いているような鋭さ、怖さが、女にはある。ラストを飾る『12月 クリスマス・ツリー』も、浮ついた時代の渦中でマスコミの煽《あお》りに踊らされながら、ぞくっとするほど客観的に自分を見つめている女の子が登場している。彼女がイヴを過ごす相手への、どこまでも冷徹な気持ちにひやりとしながら、心当りのある読者は多いはず。

雑誌のようなイヴを夢見ながら、彼女はこんな言葉をつぶやく。

「だけど想像していたようなことは、何も起こらない。ドキドキもしないし、幸せで胸がいっぱいにもならない」

自分自身に目一杯嘘をつきながらクリスマス・イヴごっこに出向く彼女の、この冷め方はどうだろう。

こうして自分自身すら欺きながらも、(こんな愚かな私を)「神さまは許してくださるに違いない」と力強く断言するところに、女の子生来の矛盾や、狡猾《こうかつ》さ、意地悪な部分を解き放ち、肯定するという、林先生の使命というか強固な作家性が宿っているように思った。これは、十二の物語に登場するすべての女の子にいえることかもしれない。

たしかにあなたたちは愚かだけれど、もし神さまがいるなら、許してくれるよ。誰もが持ちながら、隠して、腹の中で腐らせていたダークな感情を、颯爽と解放してみせた林先生らしいと思った。

本書のように、刊行されて以来何十と版を重ねている上、世紀をまたいで復刊されるなんて、そうそうあることじゃない。この作品が書かれてから現在に至るまで、およそ三十年の歳月が流れているのがにわかに信じられないほど、どの作品もいきいきと、今この瞬間を生きている女の子たちのリアルでビビッドな感情に溢れている。

女の子たちはいまも、恋に夢中になり、喜び、ときどき涙を流して大人になっていく。その普遍的な営みは、若者たちをとりまく環境が様変わりしても、けっして変わることはない。一九八七年を生きる女の子たちに送られたエールは、二〇一五年も有効で、それはきっとこの先、ずっとそうなのだ。

（やまうち・まりこ　作家）

初出　月刊カドカワ
「1月　帰省」～「5月　ゴールデン・ウィーク」一九八六年二月～六月号
「6月　常連客」一九八七年五月号
「7月　プールサイド」～「12月　クリスマス・ツリー」
一九八六年八月～一九八七年一月号

この作品は一九八七年十一月、角川文庫として刊行されました。

# 集英社文庫　目録（日本文学）

原田宗典　しょうがない人
原田宗典　日常ええかい話
原田宗典　むむむの日々
原田宗典　元祖スバラ式世界
原田宗典　できそこないの出来事
原田宗典　十七歳だった！
原田宗典　本家スバラ式世界
原田宗典　平成トム・ソーヤー
原田宗典　貴方には買えないもの名鑑
原田宗典　大サービス
原田宗典　すんごくスバラ式世界
原田宗典　幸福らしきもの
原田宗典　少年のオキテ
原田宗典　笑ってる場合
原田宗典　はらだしき村
原田宗典　大変結構、結構大変。ハラダ九州温泉三昧の旅
原田宗典　吾輩ハ作者デアル
原田宗典　私を変えた一言
原田康子　星の岬(上)(下)
原山建郎　からだのメッセージを聴く
春江一也　プラハの春(上)(下)
春江一也　ベルリンの秋(上)(下)
春江一也　カリナン
春江一也　ウィーンの冬(上)(下)
春江一也　上海クライシス(上)(下)
坂東眞砂子　桜雨
坂東眞砂子　屍の聲(かばねのこえ)
坂東眞砂子　ラ・ヴィタ・イタリアーナ
坂東眞砂子　曼《まん》荼《だ》羅《ら》道《どう》
坂東眞砂子　快楽の封筒
坂東眞砂子　花の埋葬　24の夢想曲
坂東眞砂子　鬼に喰われた女　今昔千年物語
坂東眞砂子　逢はなくもあやし
坂東眞砂子　傀《く》儡《ぐつ》
坂東眞砂子　くちぬい
坂東眞理子　上野千鶴子　女は後半からがおもしろい
坂東眞砂子　朱鳥《あかみどり》の陵《みささぎ》
半村良　雨やどり
半村良　晴れた空(上)(中)(下)
半村良　かかし長屋
半村良　すべて辛抱(上)(下)
半村良　産霊山《むすびのやま》秘録《ひろく》
半村良　石の血脈
半村良　江戸群盗伝
東直子　水銀灯が消えるまで
東野圭吾　分身
東野圭吾　あの頃ぼくらはアホでした
東野圭吾　怪笑小説

# 集英社文庫　目録（日本文学）

東野圭吾　毒笑小説
東野圭吾　白夜行
東野圭吾　おれは非情勤
東野圭吾　幻夜
東野圭吾　黒笑小説
東野圭吾　歪笑小説
東野圭吾　マスカレード・ホテル
東野圭吾　マスカレード・イブ
東山彰良　路傍
樋口一葉　たけくらべ
備瀬哲弘　精神科ER　緊急救命室
備瀬哲弘　うつノート　精神科ERに行かないために
備瀬哲弘　精神科ER　鍵のない診察室
日髙敏隆　世界を、こんなふうに見てごらん
日野原重明　私が人生の旅で学んだこと
響野夏菜　ザ・藤川家族カンパニー　あなたのご遺言、代行いたします
響野夏菜　ザ・藤川家族カンパニー2　ブラック婆さんの涙
姫野カオルコ　A.B.O.AB
姫野カオルコ　愛はひとり
姫野カオルコ　みんな、どうして結婚してゆくのだろう
姫野カオルコ　ひと呼んでミツコ
姫野カオルコ　サイケ
姫野カオルコ　すべての女は痩せすぎである
姫野カオルコ　よるねこ
姫野カオルコ　ブスのくせに！最終決定版
姫野カオルコ　結婚は人生の墓場か？
平井和正　決定版　幻魔大戦（全十巻）
平井和正　時空暴走　気まぐれバス
平井和正　インフィニティー・ブルー(上)(下)
平岩弓枝　華やかな魔獣
平岩弓枝　結婚飛行
平岩弓枝　釣女　花房一平捕物夜話
平岩弓枝　女櫛　花房一平捕物夜話
平岩弓枝　女のそろばん
平松恵美子　ひまわりと子犬の7日間
平松洋子　野蛮な読書
平山夢明　他《ひ》人《と》事《ごと》
ひろさちや　現代版　福の神入門
ひろさちや　ひろさちやの　ゆうゆう人生論
広瀬和生　この落語家を聴け！
広瀬隆　東京に原発を！
広瀬隆　赤い楯　全四巻
広瀬隆　恐怖の放射性廃棄物　プルトニウム時代の終り
広瀬正　マイナス・ゼロ
広瀬正　ツイス
広瀬正　エロス
広瀬正　鏡の国のアリス
広瀬正　T型フォード殺人事件

集英社文庫

# 失恋《しつれん》カレンダー

2015年２月25日　第１刷　　　　定価はカバーに表示してあります。

著　者　林《はやし》　真理子《まりこ》
発行者　加藤　潤
発行所　株式会社　集英社
東京都千代田区一ツ橋2-5-10　〒101-8050
電話　【編集部】03-3230-6095
【読者係】03-3230-6080
【販売部】03-3230-6393（書店専用）
印　刷　大日本印刷株式会社
製　本　大日本印刷株式会社

フォーマットデザイン　アリヤマデザインストア　　　マークデザイン　居山浩二


ISBN978-4-08-745282-2 C0193